江波科幻精品系列

湿婆之舞

江波　著

科学普及出版社

·北　京·

图书在版编目（CIP）数据

湿婆之舞/江波著．--北京：科学普及出版社，2020.11
（江波科幻精品系列）
ISBN 978-7-110-10145-2

I.①湿… II.①江… III.①幻想小说—小说集—中国—
当代 IV.①I247.7

中国版本图书馆 CIP 数据核字（2020）第 161044 号

策划编辑	王卫英
责任编辑	王卫英　刘　今
装帧设计	中文天地
责任校对	张晓莉
责任印制	徐　飞

出　　版	科学普及出版社
发　　行	中国科学技术出版社有限公司发行部
地　　址	北京市海淀区中关村南大街16号
邮　　编	100081
发行电话	010-62173865
传　　真	010-62173081
网　　址	http://www.cspbooks.com.cn

开　　本	880mm×1230mm　1/32
字　　数	140千字
印　　张	7.25
版　　次	2020年11月第1版
印　　次	2020年11月第1次印刷
印　　刷	北京盛通印刷股份有限公司
书　　号	ISBN 978-7-110-10145-2 / I·615
定　　价	30.00元

目录
CONTENTS

湿婆之舞

　　我认为人的一生是不值得过的，可以随时死去。唯一值得过的、最美好的事情，是你要想做一件事情，彻底忘掉你的处境，来肯定它。要满怀激情地做一件事情，生活才有意义，这绝对是生活最重要的真谛[1]。这不是我讲的，是韦伯说的，所以我并不照着这个做。韦伯这么做了，他穷困潦倒，最后因为没有钱吃饭而饿死在冰原上。这对我来说相当地可怕，所以我不这么做。人们常说，真理可以战胜恐惧，可在我身上却恰恰相反：恐惧战胜了真理。我爱真理，但我怕痛，怕冷，怕吃不饱，于是便投降了。在

　　1　这句话来自水木清华 BBS 上的签名档，是清华大学中文系的格非老师说的。接下来的话则属于本人狗尾续貂。——作者注

我这一生中，从来没有片刻忘掉过自己的处境，所以我不敢……不敢……不敢……日子就在这样的小心谨慎、反复算计中不知不觉地消耗掉，直到我突然明白：这样的一生是不值得过的，我可以随时死去。

问题在于我应该怎么死去。

有人在招募志愿者，从事一项据说很光荣、很伟大的事业：实验埃博三号病毒疫苗。这个事业没什么"钱"途，没有薪水，连工作都不是；不需要技术，只要是个活人就行；如果不幸死掉，不能保留全尸，因为要拿来解剖。然而我却报名了。我想，人的一生不能这么猥琐，而告别猥琐，最快、最直接但不能算是最好的办法就是轰轰烈烈地死掉。在那么一刹那，全世界的目光都集中在我的身上，而我就是人类的代表，和那种比头发丝还要细小一万倍的恶魔殊死搏斗。我报名成为志愿者，随时准备死掉。神圣的使命感让我浑身发抖，感觉到生命充满了意义。

埃博病毒的来源谁也说不清楚。据说来自一只猴子，当时它被做成一道菜放在餐桌上，结果这猴子没有死透，猛然睁开了眼睛，然后被它的眼睛瞪过的食客就染上了埃博病毒，在三天后死翘翘，而瘟疫就此传播开来。这种说法据说来自某个神秘的动物保护组织——自然派。他们的圣书里边,《启示录》第一章，第一页，第一句，写着："毁灭，然后才有创造。"这是一种奇怪的逻辑。我不是自然派教徒，所以另一种说法对我来说更有吸引力：某种变异的流感病毒在某国的实验室里被培植成烈性传染体，当作一种秘密生化武器，然而，这种病毒不小心被带出实验室，于是就有了大灾难。

大灾难是恐怖的回忆。城里边到处都是死人。最初的时候，有人收尸，后来替人收尸的都死光了，尸体堆积在城市的各个角落，再也没有人管理。城市开始腐烂发臭，令人作呕，人们试图逃离城市来躲避灾难，他们涌出大厦，涌出地下室，使用汽车、摩托车、自行车……试图跑出城市，争取一线生机。城市之外也在死人，人们死在田野里，倒毙在公路旁，那些被看作避难所的地方——原始森林、荒漠、草场，也到处是尸体。动物也和人类一样死掉，不管是家养的，还是野生的，都在死亡线上挣扎。野兽死在巢穴里，而飞鸟则从天上掉下来。

我是幸存者。病毒无孔不入，却不能对抗低温。在那些终年覆盖着冰雪的地方，病毒无法生存。南极洲和北冰洋，地球的两极是仅存的避难所，夹在两者之间的广袤土地都成了生命禁区。据说在北冰洋的冰盖和岛屿上曾经有人幸存，后来他们也都死了，因为没有电力和食物。我们比他们幸运，大灾难发生的时候，南极洲拥有四座核电站，三十六个地下基地，甚至还有专门为了研究太空旅行而设置的两个合成食物研究院及附属工厂。联合国世代飞船计划也在这里设置了训练基地，把一个大飞船的骨架放在极地严酷的环境中接受考验，这个大飞船的周围和地下，就是我所在的基地，南极洲最大的基地城市——联合号城。南极洲有三十四万人口，这就是世界上所有的人，我们所知道的所有的人。

　　如果对于痛苦和绝望没有感受，这样的死亡也并不算什么。亿万年前，那些寒武纪大爆发之后的三叶虫，六千五百万年前，那些统治了大地和天空的恐龙，都经历了大规模的死亡，然后灭绝。但生物圈却永远不死，总会在每一次打击之后恢复生机。生命能够为自己找到出路。人类祖先也曾面临灭绝，十万年前美国黄石公园的火山爆发触发了冰川期，严寒和饥饿杀死了成千上万的人，整个地球只剩下上千人口。然而人类挺了过来，发展了文明，繁衍出八十亿人口，遍布地球的每一个角落。与在冰川世界中苦苦挣扎的蒙昧祖先相比，我们的处境无疑好太多。至少我们还有文明和三十四万人口。

　　埃博病毒项目组负责人是巴罗西迪尼阿博士，他是个印度人。印度是一个遥远的北半球国家，带着几分神秘，然而这个国家派遣了一个科学考察团长年驻扎在南极洲。巴罗西迪尼阿到这儿来研究史前细菌。南极洲曾经是温暖湿润的大陆，有繁盛的植被和各种各样的动物，还有无数的细菌。动植物早已不复存在，细菌却很可能仍旧活着，冰冻在亿万年的老冰下，生命停滞，却仍旧活着，只要把它们带到地面就能苏醒。两种相隔了亿万年的生命亲密接触，即便不算神奇，至少也激动人心。然而巴罗西迪尼阿却退出了这激动人心的事业，转而研究埃博病毒。他别无选择，作为唯一幸存的微生物专家，他要撑起三十四万人的希望。我喜欢他，因为他居然是一个会说中文的印度人。而且，据说自从他的妻子死于大灾难，他一直独身，不近女色。我喜欢这样痴情而执拗的人。

我在一个白色的实验室里见到他。他让我躺在一张床上，做准备工作。一切准备就绪，他拿出一页密密麻麻的纸来让我签字。签字！我已经签了无数张纸，无论其中的内容有多少不同，核心只有一个：我自愿放弃生命，没有人对我的死亡负责。死亡是一件大事，特别是自愿死亡，哪怕声明过一千遍也会有人要求声明第一千零一遍。我拿起笔，准备写下名字。然而一行字让我停顿下来——"身体在被啃噬的过程中，会出现高热和极端灼痛……"我是来做病毒实验的，并不是来让某种东西吃掉的。我把这段声明指给巴罗西迪尼阿看，请他给出一个解释。

巴罗西迪尼阿看着我，目光犀利，"他们没有给你解释过吗？"

我坚定地摇头。

巴罗西迪尼阿拉过椅子，坐在我身旁，"好吧，可能你对生死并不在乎，但是你一定在乎你是怎么死的。人都不喜欢死得不明不白。首先，埃博病毒并不是病毒，而是细菌。那些传播消息的人觉得病毒比细菌听起来更可怕，就说是病毒，所以到最后，我们也不得不用病毒来称呼它。它的学名叫作埃博肉球菌。"

肉球菌这个名词听起来有些可笑，它让我想起一道叫作红烧狮子头的菜。八岁那年，父亲给我做了这道菜，后来，我再也没有吃到过，记忆中，那是令人垂涎欲滴的美味，和这残酷的吃人的小东西天差地别。我扑哧笑出声来，巴罗西迪尼阿显然并不觉得这有什么好笑，他向我投来询问的眼光。我摇摇手，"没什么，你继续说。"

白色实验室里的两个人一个躺着，一个坐着，外边围着许多人，大多是名声卓著的专家，或者是记者。他们表情严肃，听着巴罗西迪尼阿关于埃博肉球菌和星球命运的演讲，而躺在床上的我，却神游物外，除了开始的几句话，满脑子都是红烧狮子头。红烧狮子头可以是人生的某

种意义。我突然不想死了。

巴罗西迪尼阿停止说话，这把我的注意力拉了回来。他盯着我，"你退缩了？害怕了？"

也许他看出了什么，或者他见过许多害怕痛苦临阵退却的人，然而我有自己的缘由，我想吃一口红烧狮子头，这强烈的渴望压过了为人类幸福而献身的崇高感。我同样盯着他，认真地点点头。围观的人们一片哗然，我没有听到，巴罗西迪尼阿同样没有听到，我们俩对视着，沉默着。他眨了眨眼睛，"没关系，你有时间考虑。今天只是给你做一些机能测试，如果三天之后你仍旧选择放弃，就算是一次免费的体检。"他把那密密麻麻的文字丢给我，让我带回去细看。

一个不够勇敢的人听完巴罗西迪尼阿的描述绝对不会再有挑战埃博肉球菌的念头。这种细菌是如此恶毒，它一点一点地啃噬内脏，却让人保持着神经活动。极端的痛苦胜过癌症发作。所有患者无一例外都会陷入意识模糊和癫狂状态。如果不是如此，正常的神经早已崩溃，瓦解，身体便成了一堆无意识的肉。一堆无意识的肉，或者一个疯子，这两个选项似乎都偏离我的印象很远。在我最初的印象中，病毒夺去人的生命，就像钢刀抹断人的脖子，只需要一刹那。

　　然而我无所谓。我退却并不是因为我害怕这样的情形，而是我想吃一次红烧狮子头。这个要求在三十四万人中间散播开来，有上千人挺身而出要为我做这道菜，好让我安心地躺在手术台上。我拒绝了，因为他们并不是我的父亲。但有一道菜还是突破重重困难来到我面前，它来自南极洲治理委员会，这个星球上残余的最高统治机构。四个黄乎乎的肉球泡在热气腾腾的汤里，散发着味精的味道。南极洲有足够的合成食物，还有一些鱼和海豹，猪肉却早已经没有了。为了这道菜，委员会在全洲范围内征集生猪肉，一个慷慨的捐赠者捐出六百克，他在很小的时候亲眼看着父亲把这块肉埋在冰原里，那可能是他们最后的一点美味。我盯着眼前的四个丸子，丝毫没有食欲。我相信，如果没有猪肉，他们会用人肉做成丸子送到我面前。我当着无数的摄像机和记者的面把丸子吃下去，味同嚼蜡。我签了字。

　　我再次躺在巴罗西迪尼阿的手术台上。无论有多少种原因让我最终躺在这里，有一点始终不可否认——为整个人类献身是一件高尚的事，也许是最高尚的。只不过对于大多数人，最高尚的并不是最重要的。巴罗西迪尼阿对我表达了深切的敬意，一个人在形势的逼迫下视死如归并不难，然而在毫无利害的情况下做出这种选择，就不容易了，而且我并不是一个傻子，除了敬意，他无话可说。

针尖扎进了我的胳膊，巴罗西迪尼阿贴在我耳边，轻轻地说："很高兴你选择了埃博，你将受人尊敬，拥有尊崇无比的地位。"

某种液体注入我的身体。那是一百毫升的无色液体。渐渐地，我失去了意识。模糊中，我想到，我的一生就这样结束了，并没有什么遗憾，当然，如果能够醒过来，那就最好。我可以坐在那儿，什么都不做，回味父亲的红烧狮子头。我闭上了眼睛。

病毒却没有要我的命。事实是巴罗西迪尼阿并没有给我注射病毒，他只是让我昏睡了一个下午。

"没有疫苗。任何疫苗对于埃博肉球菌都无效。"巴罗西迪尼阿告诉我一个可怕的消息。我的献身目标是一个谎言，是纯粹的安慰剂。

我从床上坐起来，"真相到底是什么呢？难道你们的目的就是得到一个志愿者，然后告诉他这是一个玩笑？"

"你来看看。"他招呼我。我走过去。这是一台庞大的仪器，四四方方的铁疙瘩，刷着一层白色的漆，这白色立方体的中央有一道缝，把仪器分成上下两部分，浅色的光从缝隙中泄露出来，时而蓝色，时而红色。这是一台显微镜。一个透明的外壳把整个机器包裹得严严实实。

我凑到窗口前，看见了一些小东西。它们聚集成群，非常安静。

"你看到的就是埃博肉球菌。这是典型形态，如果环境不同，它们也有不同的面目。没有它们不能适应的环境，除了极地。"

就是这些貌不惊人的小东西几乎将这个星球上最成功的一种生物完全灭绝。曾经创造了辉煌文明，制造了核弹，深入一万米的海底，飞上真空寂寥的月球，在星球上呼风唤雨的人类，在这个小东西面前败下阵来，龟缩在南极洲，在冰原的保护下苟延残喘。

"这真不可思议！"我说。

"如果你看得更仔细一些，你会发现比你想象的更不可思议。"

视野放大，一个单个的埃博肉球菌把它的细部呈现在我眼前。我看到无数细小的微粒包裹在一层薄薄的膜里，中央是一个小小的黑点，那是细胞核。

"它伸出一些突出物，有些像鞭毛。你看到了吗？"

我不知道什么叫鞭毛，听起来那是一种纤细的玩意儿。我的确看到一些细细的线状的东西从膜的边缘发散出来，消失在视野中。视野移动，我看到了另一个球体，同样的膜，同样的丝状放射物。

我转头看着巴罗西迪尼阿，等着他说出答案。

"如果你出生在大灾难前，上过高中，对生物学有些兴趣，就能理解其中的意义。"巴罗西迪尼阿递给我一本翻开的书，书页上有一张图片，图上是几个球体，浅红色，表面凹凸不平，某些突出物很长，和另一个球体连在一起。图片的标注写着树突与轴突。

"这是人类的大脑。这些是神经细胞，这是人的大脑皮层细胞。"

埃博肉球菌就像一个个脑细胞。它们通过细长的突起相互联系在一起，彼此间交流信息。这和从前的任何一种细菌都不一样。它们只是微不足道的小东西，然而通过这种方式，它们可以变成一个庞然大物，大到超乎想象。

"人的大脑有上百亿个细胞，其中只有百分之一左右参加高级神经活动。而在这个星球上，有万亿亿个埃博肉球菌。它们全部可以在某种程度上联系在一起。"

我明白了巴罗西迪尼阿想让我明白的东西——我们的对手并不是一种毫无意志的病毒或者细菌，它们是强大的军团，相互帮助，协同行动。也许有一种前景更让人担忧：这庞大的头脑中是否已经产生了某种意识。如果那真是一个具有自我意识的头脑，这个对手就过于可怕了。巴罗西迪尼阿静静地看着我，观察我对这惊人事实的每一丝细微的反应。我无言地看着他。

我们该怎么办？

是的，人类需要一个志愿者。然而他的任务并不是奉献出身体进行疫苗实验。他有更多的事要做。这些细菌并不是简单的生物，它的线粒体经过改良，含有某种硅结构，可以存储信息；它含有一种奇特的酯化分子，能够像叶绿素一样把光能转化为化学能，制造出养料，甚至能够根据环境的不同选择不同的光谱发生作用，白天选择可见光，夜晚选择红外光，而在放射性环境中，它能吸收放射能；还有一种放射状的细胞器，就是它控制着表面突起，处理和传递微弱的电化学信息，它的设计如此精妙，和量子计算机的微控制单元不谋而合……一切都指向一点：这是一种人造生物。虽然进化论深入人心，然而没有人会相信这样精巧复杂的结构能够在短短的几十年间进化而来。

我见到了这个星球上最有权势的人。秃顶，眼窝深陷，绿色的眸子闪着晶亮的光芒，这是我对他的第一印象。他是沙门将军，前美国太平洋舰队司令。我不喜欢白人，特别是美国人，他们总是带着一种居高临下的傲慢说话。然而他掌握着一万多人的武装，虽然我并不在乎那些枪炮飞机，但他还是能左右我。

"它们有一个总部，头脑。"沙门将军拿着细细的教鞭在地图上比画，他嗓音嘶哑，英语带着浓烈的南方口音，我只有硬着头皮听下去，还好巴罗西迪尼阿能及时给我解释。在全球地图上，我看见了亚洲、欧洲、非洲、美洲、大洋洲，这些久违的大陆就像史前遗迹一样神秘。如果一块大陆没有被冰原覆盖，那会是什么样子？我想起见过的一些图片，荒漠、草原、森林，巍峨的石头山，松树奇迹般地从石缝里长出来，傲然挺立……

"我们要进行突然打击！"沙门将军强调，他停下来，盯着我。我如梦初醒般意识到他正满怀期望地看着我。

"是的，将军。他会很好地完成任务。"巴罗西迪尼阿帮我打发了将军。

接下来的两个星期如同梦魇。白天，我要跟着一些军人学习如何使用武器，从 AK-47 突击步枪[1] 到枪榴弹，从驾驶小汽车到坦克到直升机到飞机，他们用一些严酷的手段让我在最短的时间里掌握技巧。晚上，我要跟着巴罗西迪尼阿学习关于埃博肉球菌的知识。说实在的，我真不知

1　AK-47 突击步枪是俄制武器，然而在末日背景下，美国人失去了完整的后勤系统，也只能使用这种被经验证明可靠、强大且存量巨大的枪械。

道这些东西能有什么用，他们要我做的，就是抱着一个核弹走进那个地下掩体中并引爆它。我认为，复杂的知识是一种浪费。然而沙门和巴罗西迪尼阿并不这么认为。于是我在这样的梦魇中度过了两个星期。

距离执行任务只剩二十四小时了。晚上，我和巴罗西迪尼阿待在一起。他颇有几分神秘，让我感觉这个晚上有些不寻常。

巴罗西迪尼阿身上有一股深沉的香气，那是一种特别的印度香料，在重大的节日里，印度人会虔诚地沐浴，然后用这种香料涂抹全身。我一直以为，只有那些富有、传统的印度人，或者印度歌舞电影里边才会有这种事，巴罗西迪尼阿应该不属于这种人。然而我错了。他穿着白色浴袍，在一个画像前膜拜。画像上是一个凶恶的神，头戴火焰冠，有三只眼和四只手，他摆出了一个曼妙的舞姿，周身被火焰环绕。

巴罗西迪尼阿膜拜完毕，在地板上盘膝而坐。他看起来颇有几分庄严宝相，一种悲天悯人的气质自然流露，让我不自觉地肃穆起来。

"这是湿婆，印度人的毁灭之神。"他告诉我，"他毁灭，然后创造，世界就在他的掌握中循环不息。"

我无意冒犯，只是说了想说的话，"你是一个科学家，我以为科学家都是无神论者。"

巴罗西迪尼阿微笑，"我的确是一个科学家，不过我相信冥冥中有神秘的力量支配宇宙。湿婆正好是这种信仰的一个体现，也很符合我的印度人身份。"

我点点头，突然想起了自然派，那个带有宗教意味的动物保护组织，在他们的圣书里正写着：毁灭，然后才有创造。我问："你是自然派教徒？"

巴罗西迪尼阿微笑着不回答。

沙门将军只了解计划的一部分，使用核弹对埃博肉球菌的头脑进行攻击是空中楼阁。

"埃博肉球菌在许多地方聚集成群。如果用一个比喻，它们就像原始的神经节，而不是一个大脑，虽然我丝毫不怀疑它们会形成一个强力的大脑，然而，那个大脑的尺度就是整个地球，简单的核攻击根本不能损伤它们。更何况肉球菌是细菌，即便没有头脑，它们也能够生存下去，也许没有这个头脑，只会更糟糕。

"这样的情况只有很少人知道，整个南极洲只有六个人，包括我。"

最初，埃博肉球菌是一场生物灾难，它们杀死几乎所有动植物，繁殖出数以亿计的后代。两个星期后，它停止了对植物的攻击，再三天之后，它仅仅袭击脊椎动物，再后来，它们只袭击哺乳动物。

巴罗西迪尼阿向我展示了一些图片。我看见大群大群的野牛在草原上游荡，不远处一个孤零零的破败小屋显示出这原来是一个农场；葱郁的森林边，几头灰熊在小溪里捉鱼，一条鱼跃出水面，熊的巴掌正挥舞过去；一些狒狒占领了城市，它们在废墟中寻找人类残留的食物和任何引人注目的玩意儿，一只狒狒戴着一串钻石项链，两米外是一具变成了白骨的人类尸体……最后的照片令人印象深刻：一群狮子在夕阳下休憩，雄狮高昂着头，正对着镜头张开血盆大口，它们的身后，是一座灰色的、丘陵状的小山。

"这是无人侦察机拍摄的照片。地球已经复苏了，眼下的埃博肉球菌仅仅对人类进行攻击。它们已经在全球安顿下来，和其他生物和平共处，而把人类像囚徒一样困在南极洲。"

我有些喘不过气来。这些小东西毫无疑问获得了某种意识，它们能够把人类和其他动物区别开，这是一种高级的智能。我们又落到了后边。

"看到这些灰色的小山了吗？这就是埃博肉球菌的聚集体。几乎世界的每个角落都有这种东西。"

我仔细地审视着那灰灰的一团，一团均匀的、毫无特色的堆积物，看起来仿佛具有黏性。无数的肉球菌生活其中。它们在干什么？我突然想。

"它们在干什么？"我问。

"很好的问题。最可能的答案是什么也不干，繁衍，延续生命。生命是没有目的的，它只是存在。"

"不，它们一定在做些什么。"我用询问的目光看着巴罗西迪尼阿，"既然它们能够把人类驱赶到南极洲，既然它们能和其他动物和平共处，它们一定有某种目的，在做些什么。"

巴罗西迪尼阿带着一丝微笑看着我，"这正是我们征集志愿者的原因。"

一架鹞式战斗机飞向加利福尼亚。除了驾驶员，飞机上有四个人，三个士兵，还有一个是我。每个人的装备大同小异——固定频率的通话机，AK-47突击步枪，红外镜，一套带有空气净化装置的防护服，一些威力巨大的手雷，小巧的塑料炸弹，还有几把手枪，最重要的是一颗核弹，一千吨TNT当量，很小巧，十千克，可以背在身上。

我们全副武装地下了飞机。飞机在头顶盘旋一圈，向着南边飞去，留下我们踏上这片危险的土地。巴罗西迪尼阿告诉我，沙门将军的行动只是一个幌子，我的任务是靠近埃博肉球菌的丘体，和它们进行一次亲密接触。我有些怀疑在三个士兵的保护下我怎么能够按照巴罗西迪尼阿所要求的那样做，他却说埃博会"照看"这些士兵，我只需要按照计划行事。

第一次踏上南极洲之外的土地，我分外好奇。一片草地，浅浅的绿色，从眼前伸向远方，毛茸茸的草踏上去软软的，很柔和，不知名的野花遍布其间，黄色的、白色的花朵让整个草地充满了童话般的意味。我注意到一只碧绿的草蜢正驻守在一片草叶的顶端，细细的触须随着草叶的晃动微微摇摆。一切都是鲜活的，充满生机的，和那死气沉沉、阴冷刺骨的冰原形成鲜明的对照。那些我在书本上、电脑上见过的东西变得鲜活起来，已经死去的记忆也复活过来，我突然回忆起来，童年的时候，我曾在这充满生气的大地上奔跑。这才是人类应该过的生活。

一个士兵招呼我继续前进，我跟着他们。突然之间，一个巨大的阴影从我头顶掠过，扑向我前边的一个士兵。我惊叫起来，然而太迟了，巨大的鸟儿从士兵的头顶一掠而过，士兵直挺挺地倒下。枪声响起，鸟儿从空中掉下来，摔在地上，使劲儿地挣扎着。突然它停止挣扎，死掉了。这是一只金雕，最凶猛、最有力的猛禽。它用尽全力的一啄穿透了高分子塑料头盔，击穿头盖骨，就像刽子手一样准确。

我们三个人围着同伴的尸体，除了悲哀，还有一种无助的惶恐，没有一本作战手册告诉我们，需要防备天上的猛禽。我瞥见金雕的尸体，发现它正在急速分解。我招呼两个同伴，他们和我一样目瞪口呆地看着那尸体如魔法一般化作一摊烂泥，露出森森白骨。

埃博肉球菌就在周围，无处不在。我告诉他们是埃博肉球菌分解了尸体。不需要过分害怕，我们的防护服能够有效地把细菌隔绝在外。

在总部的驱使下，我们继续向着目标前进。前进的途中没有意外，没有故事，直到我们到达目的地—— 一座上世纪八十年代的楼房。

大楼破烂不堪，就像长满了老人斑的躯体。楼顶上的招牌还在——"海德生物科技"。这个距离洛杉矶一百三十千米的孤独建筑，就是埃博肉球菌的源头，一个打着生物制药的名义，为军方研制生化武器的秘密研究所。貌不惊人的大楼下边有着惊人的地下部分，深入地下三百米，可以抵抗百万吨级核弹的攻击。一个士兵身手敏捷地跑过杂草丛生的空地，在虚掩的门前蹲下，小心翼翼地察看。

"Move."无线电波传递的声音带着几分沙哑，他确认安全，挥手让我们跟上。然而紧接着传来一声尖厉的惨叫："No！"我抬眼望去，看到了此生最恐怖的镜头：无数黑乎乎的甲虫从里边涌出来，仿佛潮水一样涌来，无可逃避。破旧的虚掩的门被猛烈的潮水撞开，转眼间，那个伙计周身都爬满了虫子。防护服是密封的，然而他惊慌失措，惊声尖叫，劈头盖脸的英文单词几乎将我的耳膜撕破。枪声响起，子弹在黑色潮水中掀起涟漪，白色的汁液四处飞溅，虫子却没有丝毫犹豫地继续扑上来。眨眼的工夫，伙计消失了，我们的眼前出现了一座高达三米的黑色小山，他被埋在成吨的虫子下边。耳机里没了声响，只有细微的窸窣声。

整个世界沉寂了两秒钟。我身边的士兵掏出一枚手雷，扔了过去。

他是对的。虫子四散逃命，我们在爆炸的残余中找到了伙伴的尸体，已被炸得残缺不全。其实在爆炸之前他就已经死了。虫子们在几秒钟内咬破防护服，把他吃掉了一半。

这是陷阱和谋杀。巴罗西迪尼阿说埃博会"照看"这些士兵，我终于明白了他的意思。我看着眼前的最后一个士兵，他的眼睛里充满愤怒，我毫不怀疑如果埃博是一个实体，他会用步枪把它打成蜂窝。

"Let's go！"他咬牙切齿地说，踏着满地狼藉的虫子走向大门。我跟着他。他的高大身躯就像一堵墙，把一切危险都挡在那边。他踏上台阶，肆无忌惮地向着门内扫射，然后跨过去。他的躯体像一面墙一样倒下，重重地摔在地上，死了。我慢慢靠过去，一条蛇狠狠地咬在他的腿上，毒牙刺破裤子，在皮肤上刺出微小的孔，剧毒让他的神经在十分之一秒内完全瘫痪。他注定是要死的，虽然可能不是这种死法。那条毒蛇被子弹打成了两截，残存的一点生命力让它从角落里弹起来，咬住入侵者。死者的眼睛瞪得很圆，永不瞑目的样子，咬住他的毒蛇也瞪着同样圆溜的眼睛。我想，我死的时候，一定要把眼睛闭上，那样比较安详。

死了三个人，只剩下我一个，而我们连那栋大楼的门都没有跨进去。一切不可能如此巧合。巴罗西迪尼阿是对的，埃博会阻止我们进入。而为了接触到它，只有一种办法——我必须死去。

被鸟啄死，或者被虫子吃掉，被毒蛇咬死……我不能让埃博用这些方法中的任何一种杀死我，我只有一种选择：像大灾难中的人们一样，被埃博肉球菌感染，被它吃掉。这就是志愿者需要做到的事：走进这个大门，下到地下，在那可能重达三十吨的埃博肉球菌集群面前奉上自己的生命。我脱下防护服，放下所有的武器。空气中有无数的埃博肉球菌，我深深地呼吸一口空气，把这种肉眼看不见的小东西吸入身体。门敞开着，里边很阴暗。巴罗西迪尼阿要求我，一定要走进那深埋地下的堡垒里，我再次深吸一口气，走了进去。

埃博是一个人名。大灾难之前，三分之一的人类忙着享受生活，三分之一的人类忍饥挨饿，埃博在剩下的三分之一人口中非常有名。他是三届诺贝尔医学奖的获得者，从根本上改变了人类和疾病的关系，他给了人类一个健康的时代。他也毁掉了人类——通过用他的名字命名的细菌。此刻，这些小东西正在我的身体里产生作用。我的意识开始模糊。我飞快地在大楼里跑，寻找进入地下的入口。最后我找到了电梯，顺着电梯井爬下去，没有袭击，没有意外，一切都很顺利。

大门一扇扇地打开，我跨过一个又一个门槛。最后，我走到了最后一扇门前。门上的铭牌还在，长久的岁月让它蒙上一层灰。我用手指抹去上边的灰尘，"BEING"几个字母熠熠生辉。突然我的手触到一些凹陷，那是一些阴文，刻在"BEING"下边，微微转过角度，我看到那是"THINKING"，在"BEING"的光彩下毫不引人注目，却坚实地，毫无疑问地在那儿。我不由地微笑，手上用力，推开门。某种光线泄露出来，我的眼前出现一片光明。

微微发光的球体盘踞了整个空间，视野里是一片晶莹的蓝色，顶天立地。我仿佛站立在一个巨大的水晶球前。这就是埃博？不是那种灰色的、带着黏液的、毫无美感的小山包？我惊讶得不知所措。这美丽的晶莹的蓝色很快征服了我，给我一种异样的感觉，平和而沉静，仿佛世界上没有任何东西可以难倒我，而我的灵魂通达了整个宇宙。我向前走去，贴近那散发着微光的东西。水晶里边有个人像，脸上斑斑点点，已经开始溃烂，五官扭曲，仿佛畸形。那是真实世界中的我，被埃博肉球菌啃噬，血肉已经开始模糊，然而我却没有痛苦，没有恐惧，也没有感觉到死亡。我只感到无比的充实和自信，还有坦然。我伸手触摸那蓝色晶体，细腻而柔滑，仿佛绸缎，却无比坚硬。忽然间，一阵麻痒从肚皮上传来，我低头一看，衣服上湿漉漉一块。我的身体似乎正在急剧变化，变得柔软，一点点不再属于我自己。

这真是一种奇怪的感觉，仿佛我平静地站在一边，默默地看着自己的身体死亡。我重重地倒在地上。

眼前的图景开始模糊，黑暗缓慢而不可抗拒地吞噬我的意识，那一定是很短的时间，然而在感觉中无比漫长。最后的时刻来了，很多东西一闪而过，我想起父亲，想起红烧狮子头，想起巴罗西迪尼阿，还有南极洲荒芜的冰原……最后，我居然想起了湿婆，那个长相凶恶却跳着曼妙舞蹈的印度神，在熊熊火焰的环绕中跳舞，依稀中我听见某种音乐，然后是彻底的黑暗。我死了，我想。

我并没有死。或者，我复活了。

飘浮在无限空间中的一点意识，这就是死亡吗？一道亮光劈开黑暗，一个模糊的东西降落在我的空间里。它迅速把一切包容进去，世界从一团混沌变得透明而丰富起来。

巴罗西迪尼阿是对的，埃博统治了这个世界。埃博能够操纵这个世界上所有的生物。通过生化物质的调剂，他能够让金雕攻击一个看起来并不是食物的目标，也能让虫子产生啃食的冲动。他模拟记忆，操纵行为。他无所不在，是自然界的神灵。鹰的眼睛就是他的眼睛，草履虫的感受也是他的感受。

埃博找到了我，他只是说："欢迎"。然后便脱离了。我开始寻找他。

我遇到了很多人，很多死去的人。他们曾经的躯体都被埃博肉球菌啃噬。他们遇到我，知道我是一个新来者。他们从我这里了解南极洲的情况，我也向他们打听这个神秘世界。他们都是死人，却认为自己仍活着，而且很快乐。

巴罗西迪尼阿是和埃博一样的天才，在互联网还没有完全瘫痪之前，他曾经通过残留的军方网络侵入海德生物科技的主机。他发现了某种可能性。一些残留的痕迹显示：曾经有一个网络从这个机器上脱离而去，那个网络的神奇之处在于，它使用特殊的连接方法，没有网关，没有IP，它就像一个隐形的网络黑洞，吞掉大量的数据流，却没有任何反馈，这种黑洞式的吸收进行了八年之久。巴罗西迪尼阿怀疑埃博制造了一个生物性的计算机网络，构成网络的基本单元就是埃博肉球菌。

巴罗西迪尼阿的怀疑得到了证实。我见到的蓝色晶体球就是这样的一个生物计算机。天长日久，肉球菌落让自己固化，成为矿物一样的结构。八十亿人的记忆和思维被肉球菌复制，飘浮在空气中，凝固在那些灰色的小丘中，最后汇聚在这个超级的肉球菌落里边。两万亿的肉球菌单元，完全的三维神经网络。把人类历史上所有的计算机加在一起，也抵不上这个超级头脑。它是一个睿智的头脑，它的核心是埃博，那个疯子一样的天才人物。

找到埃博之前我有些自己的事。

我遇到一个剧作家，他死去的时候三十六岁，他受到了埃博肉球菌的感染，知道自己活不下去，于是挣扎着给儿子写了遗书。在遗书里，他告诉儿子，要热爱生活，要忍受生活带来的种种打击，勇敢地生活下去，学习科学，和这种害人的东西斗争到底。然而，此时他告诉我，他希望自己的儿子也被埃博肉球菌吃掉。这是通向极乐世界的捷径。埃博肉球菌吃掉我的时候我并不感到痛苦，它们吃人的技术有了进步，然而巴罗西迪尼阿告诉我，最开始并不是这样的。

"难道你希望他受到那种非人的痛苦？"

"那是涅槃。死亡的道路通向极乐和永生，而痛苦是其间的代价。难道你不这么认为吗？"

"你想你的儿子吗？"

"为什么你有这么奇怪的问题？你又为什么躲躲藏藏？"

他用一种怀疑的氛围把我推开。我脱离了。我的父亲早已经死掉了，这个活着的，虽然拥有他的一切记忆，却决然不是那个临死之前牵挂着我、为我写遗书的人。他再也不会给他的儿子烹饪祖传的红烧狮子头，无论他的儿子多么渴望再吃上一口。

我找到另一个人，这是一个女人。她显然很快乐，沉浸在埃博为她带来的无穷无尽的狂喜之中。我打断她，她很不高兴。

"巴罗西迪尼阿？我不需要他的关怀，外边的世界和我已经没有关系。"她把地球称为外边的世界，埃博的世界则是她热爱的世界。她强行脱离，把我屏蔽在外。我想巴罗西迪尼阿会高兴的，至少，他的妻子现在很快乐。

　　我所见的，是一个天堂。外边的世界已经死去，又有什么关系？所有的人都在这儿活着，享受着平和、宁静，还有飘飘欲仙的狂喜。失去的只是肉身，得到的却是自由，难道还有比这更划算的交易？没有贵族和平民，没有富人和穷人，没有精英和大众，没有美食，没有豪宅，没有精致的衣服……人类社会的一切身份符号都被抹去，只有一个个平等意识存在。我在广阔的空间中飘浮着，与一个又一个的他擦肩而过。在这埃博空间里，我们都是自由之身，自由到不需要其他一切，只是任凭自己的灵魂游荡。

　　有一个灵魂是特殊的，那就是埃博。我四处寻找他，他无处不在，我却不能找到他。最后，他发现了我这个小小的不安定分子，他找到了我。

　　"你，不喜欢这里？"

　　"很有趣，但你能给我红烧狮子头吗？"

　　"这是很奢侈的享受，模拟这种具体而实在的满足会消耗很多能量，我不能满足这样的需要，至少眼下不行。"

　　"你杀死了几乎所有的人。"

　　"他们都没有死。那些在混乱中死于非命的人除外，对那些人，我很抱歉。"

　　"这是你定义的死亡。"

"死亡并没有很多定义。你存在着，记得往事，能够思考，你就活着。"

"他们失去了生活。"

"他们过着另一种生活。大家都很喜欢。"

"但是你没有给他们选择。"

埃博沉默了一下，"是的，绝大多数人并没有选择。然而，他们也没有给我选择。"

埃博的实验进行到一半。他培育了篮球大的肉球菌落，相当于一台每秒处理六千万个事件的超级计算机。从理论上说，这计算机几乎可以无限放大，只要有足够的能量支持。远景计划中的超级生物计算机已经不是梦想，只需要让这些小细菌不断繁殖，不断重构。这是振奋人心的好消息。然而军方告诉他，必须停下来。实验的结果超出了预期，肉球菌落不仅能够存储计算，甚至能够进行"思考"，它们用一种从来不曾有过的方式重构数据，出现了一些不知所云却显然属于某种智慧的新信息。这个可怕的事实吓坏了军方：这机器很可能具有"自我意识"，与其说它是一台计算机，不如说它是一个生物。军方只需要一台计算机，能够完成导弹的导航和拦截，能够对部队进行遥控指挥，能够封锁对方的超级计算机就行。埃博却给了他们一个无法控制的东西，他们甚至不知道，这东西会不会为了一点不知所谓的愤怒而把导弹丢到华盛顿，或者控制卫星让它们胡乱发送情报。结论是必须停掉它。

埃博为此而发狂。争辩，拍桌子，哀求，下跪，他几乎尝试了所有可能的办法，只为了保住这个小小的东西。然而最后他失败了。对未知的恐惧让所有人倾向于暂时封存它。埃博很沮丧，他明白他的小东西，暂时的封存就意味着死亡。只有在不断的活动中，它们才能够保持活性。埃博怀着绝望回到实验室。他注视着那小小的球体，灰蒙蒙、毫不起眼的样子，然而在埃博的眼里，它漂亮无比。它就像自己的孩子，为了保护它，埃博不惜代价。

他证明了军方的恐惧并不是不知所谓的愚蠢，甚至他们大大低估了这小东西的潜力。

埃博拯救了他的孩子，牺牲了全世界。

"的确有些出乎意料。我没有想到居然会这样。最开始的时候我没有办法控制它，后来的情况才慢慢好起来。然而，这却比原来的设想更好。我可以说，人类的灵魂得到了救赎。新的世界比原来更美好。"

我沉默着。突然之间我仿佛变成了一只兀鹰，正在万里高空翱翔，大地尽收眼底。大地和天空，还有每一个生物，都是我的躯体。肉球菌落生存在世界的每一个角落，它们感受着每一个神经冲动。埃博把传来的神经冲动转入我的空间。

我看到了南美的热带雨林，从前，这里布满了伐木公司，高大繁茂的雨林被砍伐，留下一片癞痢般的土地，变成沼泽，除了虫子什么都没剩下；奔腾不息的河流边，五颜六色的工业废液注入河流，混合起来，让河流变得浑浊不堪；田野里，巨大的垃圾场如山岳般挺立，恶臭满天，污水遍地，无数老鼠和臭虫穿梭其间；那些光秃秃的山头，洪水挟裹着泥沙轰然而下；失去控制的地球，到处是飓风、水灾，还有可怕的炎热。地球很脆弱，而人类把一切变得更糟糕。一切正在恢复。人类为了享受生活，或者为了避免受冻挨饿，以一种前所未有的深度和广度影响着地球，当人类从生物圈中被抹去，一切都得到了喘息的机会。

是的，地球比原来更美好。那些遍布可可西里的藏羚羊，漫游在大草原上的美洲野牛，丛林中悠闲散步的科莫多巨蜥，热闹地挤在一起吵吵闹闹的花斑海豹……它们都知道，这个世界比原来更美好。整个地球的生活都比从前更好，除了人类，老鼠，还有狗。

"我给了人类一个全新的生存方式，把地球还给自然。这难道不是更好？"

我无话可说。这样的一个世界，人人都感到很满意，而地球也因此更健康。我没有任何理由说这不是更好。然

而，生活在一个很好的世界里，这样的人生对于我也并没有意义。这一点我并没有告诉埃博，我竭尽全力掩饰。还好，埃博对于他人的隐私并不是太在意。埃博见我平静下来，便离开了，"新来者总有些不适应，等你适应了，就会喜欢这里。祝你好运。"

一切便是如此。借助埃博肉球菌的庞大网络，我在地球上任意往来。关于生命，关于地球，一切从来没有如此明白，也从来没有如此艰难。很久之前，就有古人说："天地不仁，以万物为刍狗。"我化作万物，也悄然独立。无论我是什么，生命到最后都显得毫无意义，都是刍狗。存在只是唯一的目的，而这目的看起来并不怎么像目的。显然，我需要一件事能够让我全身心地投入，我要为自己的生活制造一个目的：一个志愿者。

巴罗西迪尼阿这样请求我："我只需要一个字，真或者假。如果你不能送回任何信号，我无从判断，实验也就失败。只要你送回信号，我的推测就是真。请你帮我完成这个实验。"

人类有自己的底牌。成千上万件核武器遍布整个地球，军队仍旧控制着其中一部分。沙门将军一直认为自己掌握着这些武器，实际上他远远地落在科学家后边，六个科学家组成的联盟控制着这些威力最强大的武器——在过去的三十年中，他们以及他们的学生孜孜不倦，用各种办法破解世界各地留存的武器控制系统，他们也用自然派的思想影响一些军队的人。并不是每次都会成功，然而最终的结果是一百一十五颗导弹控制在他们手中，装备着总当量七亿吨的核弹头。这些武器并不能让地球毁灭，却能够让世界变得无序。也许肉球菌并不会就此灭绝，却要付出沉重的代价。沙门将军的最后计划是和这些看不见的无赖同归于尽，科学家却还要再想一想。巴罗西迪尼阿只想证明，埃博的超级细菌构建了一个新世界，而它对于南极洲的人类并没有企图，人类有机会和这种杀人细菌共同生存下去。

我对新世界的适应比埃博的预计要快得多。巴罗西迪尼阿给了我很强的神经刺激，把许多埃博肉球菌的知识灌输给我，这些强行刻画在脑细胞上的印痕让我痛苦不堪。当埃博肉球菌将我吃掉，它们也将脑细胞上的化学印痕完美无缺地复制了下来。于是曾让我的头脑痛苦不堪的知识没有了副作用，它们让这个世界显得不是那么陌生。我很快学会了控制阿米巴虫的运动。控制一只大动物要复杂许多，首先我要学会分辨各种各样的激素和生物酶，然后我要明确哪一种激素能够让动物产生怎么样的行为，怎样的

生物电流才能让肌肉产生动作。这并不简单，只能一点点摸索。被实验的对象有些倒霉，它莫名其妙地跌倒，眼睛里出现各种幻象，有时候全身有使不完的劲儿，有时候却仿佛要死了。最后，我终于可以小心翼翼地控制它的举动，包括前肢的摇摆和声带的震动。我驱使它从地下跑出来，跑过开阔的草地。

一只大黑鼠站在我留下的通话机前，它的动作引起话筒里一阵杂乱的噪声，那一边传来焦虑的声音："0号，是你吗？请回答。"我已经死去二十四个小时，他们仍旧没有放弃。

老鼠凑在话筒上，吱吱叫了两声。然后，它连续不断地吱吱叫着。湿婆，湿婆，湿婆……老鼠用莫尔斯电码反复了十遍。也许那边的人会感到莫名其妙，然而巴罗西迪尼阿会懂的。

"强大的威力。危险。离开地球。离开地球。"

我强迫老鼠按照莫尔斯电码的规律发出叫声，老鼠体内的肉球菌忠实地传递着我的意志。突然间，我发现了埃博。他发现了我正在做的事。

他接手了对这个小小啮齿目动物的控制，"一万年。我给你们一万年。"他继续发报。然后，他放走了老鼠，

湿婆之舞

他用一种温暖的氛围包围着我，"这是一件很有趣的事。我们达成了一致。"

最后的时刻来了。我正在死去。埃博答应了我的请求，让我结束一切。

"虽然很难理解，可是我让你选择。"他这样对我说。

我传递了一个微笑的氛围，"我做了值得做的事，人的一生就应该这样子结束。能让我再看一眼南极洲吗？"

我被送入一只翱翔在万米高空的安第斯神鹫体内，这庞然的鸟儿调转身体，向着南边飞去。我在碧海蓝天之间自由地飞翔，前方是白色的大陆，一望无际的冰原一片苍茫。凛冽的寒风让我发抖，然而我继续向南飞着。我很快看见了联合号的庞大骨架，一些人进进出出，正在忙碌。

整个南极洲正变成一个紧张有序的基地。从听筒里传出来的吱吱声是莫尔斯电码，两个小时后，终于有人意识到了这点，他把电码的内容向所有城市广播。这个消息仿佛惊雷，震动了整个大陆。当自然派教徒听到消息，他们组织了起义。只有一个人死于起义——沙门将军在办公室里吞下了子弹。巴罗西迪尼阿成了第一届主席。

突然有人看见了我。许多人停下来，仰望着我。冰天雪地的天空中出现了一只大鸟，这无疑是个奇迹，也许可以被称为神谕。我找到了巴罗西迪尼阿的实验室。我的全部意识浓缩在一团小小的埃博肉球菌上,从神鹫的身体里脱离,飘飘扬扬,向着实验室降落。低温并没有让肉球菌死亡,它们感觉到地磁场的变化,停止攻击并自我解构。一旦地磁场的某个矢量分量减小到一定程度,它们就会主动杀死自己。巴罗西迪尼阿深刻地明白这一点,实验室里存活的肉球菌被保留在电磁屏蔽的器皿里,他知道必然有某种真相隐藏在这令人费解的事实背后。那只能是神一般的存在。

借助几个人的身体,我成功抵达了巴罗西迪尼阿的身边。他正在修改《启示录》:

"毁灭,然后才有创造。

"自然之神毁灭人类,因为人类贪得无厌。神把残余的人放在冰原大陆上,和自然界的其他部分隔绝。他给人类一个期限离开地球。他赐予人类南极洲的土地和资源建造基地,还有方舟。离开地球是唯一的路。人类是自然的孩子,是犯了错的孩子,他因此而背负漂流的命运,也背负自然之神赐予的责任,去宇宙空间撒播生命的种子。"

我的意识已经很微弱。埃博肉球菌群正按照某种既定的指令分解自身,我抓住机会,随着巴罗西迪尼阿的一次呼吸进入他的身体。当最后的几百个肉球菌依附在他的脊神经上，我给了他一个神经冲动。我想告诉他，他的设想是对的，埃博肉球菌构成了一个新世界；我想告诉他，埃博世界是多么美妙的世界；我想告诉他，那些被啃噬的人并没有被杀死，只是换了一种生存方式；我想告诉他，埃博认定只有人类才能把生命种子带向地球之外，让地球生命在宇宙空间里延续；我想告诉他，按照他的意愿我找到了他的妻子，她很快乐……然而我什么都不能告诉他，在飞快的解构中，我的意识迅速淡去。

别了！我在这个世界上留下最后一个信号。

巴罗西迪尼阿突然感到一阵寒意，黑暗中，仿佛有人正窥视自己。他四下张望，没有发现任何动静。他抬头望着屋顶。外边，极昼正在过去，夜幕正在降临，严酷的南极洲寒夜就在眼前。在可以预见的将来，还有无数个这样的寒冬等待着人类，只有最紧密地团结在一起，才有可能安然地渡过难关。星星慢慢地显露。他可以想象那黑暗之中群星璀璨的天空。人类只能去那浩渺的群星之间寻找归宿。深深的寒意让他沉浸在敬畏和虔诚之中，他轻轻祈祷：湿婆大神，让你的神力帮助子民。

巴罗西迪尼阿怀着敬畏之心合上《启示录》。封面上，面目狰狞的大神舞姿曼妙。

土斯星纪事

　　杜鸣挤出电梯。臃肿的密封服让他看起来就像一只蛹。他笨拙地挪动身体，进入隔离舱，厚重的舱门在身后关上。

　　嘶嘶的充气声充满整个空间，还有一些时间，杜鸣开始考虑怎么和凯说这件事。

　　整个研究所没有其他任何人活着，他和凯可能是唯二的幸存者。死者手脚痉挛，全身扭曲，胸口的衣服被撕得粉碎，而紧紧扼在脖子上的"双手"似乎恨不得将气管掐断——突如其来的灾难让所有人死于窒息。

　　隔离舱的内门打开。凯已经在那儿等着。杜鸣摘下头盔。凯望着他，希望从他的眼睛里读出些什么。

　　杜鸣缓慢地摇头，"很糟糕。"他很郑重地说。凯使劲儿地摇头。

"通信中断了，我去找人。"

情形让人绝望。整个研究所是一个可怕的地狱，到处是尸体。庞然的建筑一片寂静。

杜鸣坐上梵天号，一点点地把梵天号从机库挪到起降场。

太阳正在升起，阳光经过甲烷层的过滤，把天空染成绯红。塔后城的电台发出准点广播。

杜鸣拉起梵天号，贴着峭壁飞行。他飞向五千米外的塔后城。

梵天号升到两百米航道空间。地面上随处可见坠毁的飞行器，被摔得支离破碎。不祥的预感油然而生，挥之不去。引擎细细的嗡嗡声仿佛充满整个空间，让杜鸣心烦意乱。

准点广播之后无线电一直响着沙沙的噪声。塔后城机场保持着沉默。很快杜鸣看到了塔后城的标志性建筑——福尔松大厦。大厦灯火辉煌，看起来仍旧活力无穷，这让杜鸣得到一点安慰。然而，希望很快消失得无影无踪——最坏的情况发生了。

梵天号在塔后城上方盘旋。街道、广场、建筑物，没有一个活动的人影。一些飞行器坠毁在街道上。到处是尸体，所有人都死于窒息。整个城市陷落在可怕的死亡寂

静里。

徘徊了几圈后，杜鸣决定回到实验室，和凯待在一起。

"难道只剩我们两个？"

"塔后城发生了同样的事。我想没有别的实验室像我们一样，是全封闭的。所有人都死于窒息。空气可能出了什么问题。"

杜鸣和凯是幸运的，为了研究星球生态，研究所在三年前开始投资建设这个全封闭实验室。两个月前，封闭实验室开始正式运行。它高度密封，和外部隔离，有独立的空气制造系统和生命保障系统，事实上，它按照一个前进基地的标准制造，如果一个最早期的探索者来到这里，会发现一切都很熟悉。这种封闭系统在待开发星球很常见，被称为"大猫"，通常作为观察哨使用，然而土斯星早已是一个成熟星球，二十五年前空间殖民署回收了最后一个"大猫"。

援救遥不可及，援助通道已经关闭了将近三十年。土斯星是一个成熟的星球，谁也想不到会发生这种毁灭性灾难。六万八千人口，在短短几分钟内全部死亡。

"我们该怎么办？"凯有些不知所措，她扶着墙，努力不让自己倒下去。突然间，她哭起来。忍了很久，她终于忍不住了。

杜鸣拍拍她的背，"别着急，我们会找到办法的。"无论是一种安慰还是真的可能，杜鸣觉得自己必须这么说。凯并不是一个柔弱的女子，她从来不依赖男人做任何事，此刻她却靠在墙边，眼巴巴地望着杜鸣，似乎杜鸣是唯一的指望。

"生命维持系统足够让我们活下去，两三年都不是问题。"

"两年以后怎么办？我们还是要死掉。"

杜鸣透过玻璃幕墙看了一眼倒在走道里的两位同事，"会有办法的。无论如何，不能坐着等死。我要去顶楼看看'千里眼'。摆弄那个家伙也许会帮我们带来救援船。"

杜鸣沉静的态度让凯平静下来，她恢复了一贯的自信态度，"我和你一起去。"

"不，我去就行了。你在这里比较安全。"

"不能一直让你冒险。而我仅仅在安全的地方等着。"

"你更擅长数据分析，我出去检查通信，你可以检查数据，看看到底发生了什么。"

杜鸣重新穿起密封服。在套上头盔的时刻，他想起了某件事，"对了，所有的坠毁飞行器都没有爆炸，空气里可能没有氧气。你可以接入气象中心的数据库查一查。到底是不是氧气出了问题。"

"好的，我会试试。"

"我怀疑是某种强烈的气象导致急剧的垂直气流，把顶层的甲烷带入地堑，直接导致氧气成分急剧下降。"

"有点意思，我会查的。不过，甲烷层距离我们有三万米，而且那是平流层，这么特殊的气象应该很早就有迹象。"

"也对，看看数据再说吧。"

大厦顶部是观测基地。这里有三十五个房间，每个屋子都有各自的观测项目，"千里眼"在最里边。"千里眼"是一个内部称呼，正式名称是顶层观测和卫星通信集成中心。主要任务是观察顶层，与卫星保持三小时一次的通信联系。

顶层是行业术语。土斯星的个头不大，赤道直径近六千千米，却有着奇特的地表，卫星图片上显示的是一个皲裂的褐色大球，就像一个布满裂纹的胡桃。每一道裂纹都是深不见底的沟堑，两万米到四万米不等的绝壁悬崖。初期的光谱分析表明星球大气成分以甲烷为主，属于原始大气，然而进一步的勘查却发现沟堑底部大约四千米的空气层富含氮氧而没有甲烷，比例接近可呼吸大气。从四千米往上，氧气含量逐渐减少，在三万米高空，形成以甲烷为主的平流层。这是一种奇特的大气分布，然而却在土斯星球存在。这意味着并不需要庞大复杂的制氧系统，人们就可以在地堑中露天生活。这是无法抗拒的吸引力。塔后城很快建立起来，来自各地的移民迅速填充着这个新开发的处女地。星球气象学飞速发展，"土斯星气象"成为行星气候学会的重点科研项目。顶层这个术语也逐渐流行，变成一个口头词汇，指的是覆盖整个星球表面，厚达二十千米的甲烷层，就像一个屋顶，覆盖在所有地堑上空。

杜鸣进入"千里眼"。保安人员趴在桌上，僵冷多时。携带的氧气罐通过安检门时引起了刺耳的报警，然而已经没有了警卫。杜鸣笨拙地挪动身体，他可以听见自己粗重的呼吸。

到处都是屏幕，杜鸣无所适从。这是他第一次看到中心的真实情况。他读过无数报告，也无数次和观测人员通过话，然而他来到这里，还是感到无比陌生，一道鸿沟横亘在抽象数据和眼前庞大复杂的仪器之间。

突然他看到了大明。

大明高大的身躯倒在地上，脸部贴着地板。这个姿势很难看。杜鸣翻过大明的尸体，让他有一个舒服的姿势，

然后拉开他的手，尽量拉直。

大明的全名是李正明，是赫赫有名的行星生态专家，杜鸣的导师和朋友。两个月前，封闭实验室开始正式运行，他接受杜鸣的邀请以访问学者的身份加入研究。两个星期前，他才抵达土斯星。杜鸣充满了愧疚感，他费劲地跪下来，帮老师整理衣服。

大明的手里紧紧攥着什么。那是一支笔！

杜鸣下意识地抬头看着眼前的操作台。他很快找到了大明最后写下的便笺，就在屏幕上，仍旧在闪亮。

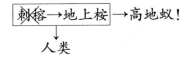

高地蚁后边是一个大大的惊叹号。刺榕和地上桉用红色的框圈在一起。然后是一个红色箭头，箭头所指的方向写着人类。最后加上的一笔是大大的红叉，正打在刺榕上边。红叉显得非常仓促，笔画看起来很虚弱，也许这是他最后挣扎着补上的东西。

杜鸣打开通信，"凯，我看到大明了。"

"哦，他怎么样？"凯知道自己是明知故问。

"去世了。"

"杜鸣，他永远和我们同在。"

"我看到一点东西，可能你更明白那是什么意思。"

"什么？"

"根目录下，访客空间，3497存盘，大明画了个图。"

"好的，我看看。"

土斯星是一个怪异的星球。它用厚达二万米的甲烷层包裹着自己，仿佛一个原始星球，却在深层的谷底有着适宜人类生存的天然条件。两种植物遍布整个星球，刺榕和地上桉。刺榕长在悬崖绝壁上，生活在氧气层；地上桉生长在高地，甲烷层。除了这两种植物和少量细菌，整个星球几乎没有其他生物。断言土斯星就是刺榕和地上桉的星球为时过早，然而这个星球物种稀少却毫无疑义。

还有一个更为怪异的事件是高地蚁的发现。十年前人类发现第一只高地蚁。这种小生物以惊人的速度在整个星球上繁衍。它们以地上桉为食，分泌特殊的黏液构筑蚁巢，不分昼夜地觅食，筑巢，繁衍……仿佛一种繁殖机器。如果行星勘测发现这种生物，那并不让人惊奇，让人惊奇的是五十年前人们来到这个星球的时候，还完全没有这种生物存在的踪迹。五年前它们仿佛突然从地下冒出来，旋风般地席卷整个星球，让地表形态发生了不小的改观。幸运的是，它们只在甲烷层高地活动，从来不进入谷底。高地蚁和地球的蚂蚁是截然不同的生物，之所以被称为蚁，仅仅是因为人们对蚂蚁比较熟悉，而对这种新生物一无所知。

"这绝对不是一个完整的生态！"李正明刚来到塔后城的时候这样对杜鸣和凯说，"这不平衡。不平衡就很有问题，甚至危险。"

大明的预言竟然兑现得如此之快，以任何人都料想不到的方式发生了。也许他发现了什么，然而没有留下任何线索，除了一些潦草的字迹。

凯接入通信。

"杜鸣，我看到了大明的文件。"

"有什么发现？"

"刺榕和地上桉属于同种生物。组织切片也已经证明了这点。我想这个可以理解。"

"另外呢？他在刺榕上边划了叉，还有高地蚁和人类也被写在上边。"

"我不知道。如果他早点和我们谈谈，也许我们能理解。"

"可能太仓促了。"

凯沉默了一会儿，突然她想起了什么，"你附近有机器 X605 吗？"

"我不知道，让我看看……这台型号是 X605。怎么了？"

"这台机器和甲烷层的监视网络相连，你可以打开监控器看看，也许能发现什么。"

"好的，我试试。"

杜鸣用了三十分钟阅读机器的用户手册，终于搞清了几个关键步骤。怀着忐忑不安的心情，他打开 X605 的监视屏幕，切换几个监视器后在某一个画面上停了下来，仔细调整对焦。设置在遥远高处的摄影镜头忠实地转播着画面。画面里，高地蚁排成整齐的队列匆匆前进，仿佛训练有素的队伍正赶赴战场，远方是一个模糊的黑点，依稀是一个高地。

报警声打断了杜鸣的进程。氧气存量只剩三分之一。

杜鸣接通凯。

"我的氧气不够了。我把机器设置成远程操作，你来控制。"

"好的，没问题。"

"这些高地蚁到底要干什么？从来没有见到过这样的异常，试试看能不能发现什么。"

"好的，把机器交给我。"

"我去打开 SOS 求救，然后回去。"

"小心点。"

SOS 系统并不复杂，"千里眼"有着数十个蜂窝般的小房门，有一个房门用醒目的红色标志着 SOS。打开房门，摁下星际求救，一台精密而功率强大的仪器输出信号，同步静止卫星开始反复广播。

事实上，没有什么人会来进行拯救。除了塔后城，这个星球没有别的城市。杜鸣并不奢望能得到拯救。然而，人总是要做些什么来代替坐以待毙，或者，他这样做可以暂时安慰凯。

下一间屋子是空气质量检测中心。杜鸣犹豫了一下，推开门走进去。这是杜鸣熟悉的地方，他的母亲有这样的一份工作，他从小就熟悉这种庞大仪器，当然，那是在遥远的天鹅星系。他尽量快地找到一台终端，让它打出空气质量分析报告。

一条红线颤颤地画出氧气含量变化，在凌晨五点的位置，曲线陡然下降，十分钟内从百分之二十下降到不足百分之一，并持续了两个小时，在七点二十分的位置，曲线开始以每十分钟百分之二的速率上升。恢复到正常水平之后，颤颤地走着水平曲线。杜鸣惊讶地看着这样一条曲线，两个小时的缺氧窗口，杀死所有人之后恢复正常。没有任何其他气体成分加入，仅仅是氧气消失不见。看起来就像一场谋杀。

此刻的空气已经恢复正常。杜鸣将信将疑地屏着呼吸，打开面罩，小心翼翼地呼吸两口空气，感觉一切正常。然而他不敢脱下密封服，谁也不能保证这种灾难不会再发生。他拿出头盔耳机，接通凯，"空气正常！我拿掉了头盔。"

"什么？"

"空气是正常的，我们经历了一个缺氧的时段，从早上五点到七点，现在氧气已经恢复正常。"

"仅仅两个小时？"

"对。"

"简直不可思议。"

"看来并不是气象原因。也不可能是地理现象。如果是地理现象，没有理由氧气消失了还能够恢复，这个星球的物理化学过程再奇特也不可能产生这样的可逆过程，这不是实验室。总感觉有某种东西在控制这个过程。"

"你怀疑刺榕？"

"我不知道，也许是别的什么，但是我认为这看起来像生物的动作。"

"你是说刺榕？是它夺走了空气中的氧，杀死了所

有人？"

"我不知道，只是怀疑。看起来大明也这样怀疑？凯，你是专家，想一想这种可能性。"

凯沉默着。

每一道沟壑里都生长着刺榕。这种蔓藤状的植物仿佛盘根错节的虬根，密密麻麻地遍布整个悬崖。一些气根从主干上长出，垂挂在空气里，一丛丛、一簇簇，让整个悬崖从远方看来仿佛深红的毛绒壁挂。

刺榕是生命的奇迹。最浅的沟壑深度也在三万米以上，刺榕却能够密密麻麻地从崖底一直生长到接近甲烷层的地方。它用出芽的方式生殖，整个悬崖就是一株刺榕。人类在五十年前来到土斯星，发现了沟底的氧气层，开始建筑塔后城。城市就在刺榕的环绕中建成，走在街道上，虽然各式各样的培养植物充斥街头，却仍旧到处可以见到刺榕的踪迹。一些隐蔽的角落，总会有刺榕的刺芽冒头。

两年前，有人注意到，刺榕能够在它的须根里聚集氧气，须根内部的氧气浓度通常是外界浓度的三到四倍。这个发现引起了关注，吸引了资金。一个专门研究刺榕的科研小组成立，凯就是其中的一员。两个月前，凯以植物学家的身份加入了土斯星生态研究课题，负责刺榕部分。

　　是的，刺榕的确有一些特殊的性质，它能够聚集氧，然后向深层组织输送。这是一种正常的生理功能。可以想象，在岩石的深层，没有活性氧，只有依靠须根从外界获取。唯一让人困惑的地方在于，刺榕的耗氧量很大，根据耗氧量推算，它的地下部分至少是地上部分的十倍。这个结论让人震惊，也让人怀疑。这意味着各个不同崖面上的刺榕会在岩石深层纠结在一起，如果按照正常的逻辑推论下去，所有崖面上的刺榕都在地壳深处连接在一起，连绵不绝，贯通整个星球。有人做了最大胆的假设，整个星球只有一个生物，刺榕和地上桉都不过是它的一部分，也许它并没有发达的智慧，但是显然它和这个星球有机地结合在一起——"这个假设，我把它叫作世界之根。它就是生态，就是生物圈。"大明是这个理论的创始者和积极推广者，他曾经在小组讨论会上这样发言。

　　"世界之根。"凯仿佛自言自语。

　　"你是说大明的那个假说？"

　　"是的。没有任何证据说明刺榕是凶手。根据我的研究，刺榕很简单，出芽生殖，无性繁殖。也许是因为在这个星球上它没有任何竞争对手，它的形态一直很原始，也许它已经保持这种形态上亿年了。这是一个古老的物种。也许就像大明说的，它是一个庞大的生物，但是这种植物

没有任何危害。"

"但事实上我们对它的认识停留在表面。你说得对，它已经在这个星球上独自存在了上亿年，而我们不过才来到这里五十年，算上最早的勘探，也不过一个世纪而已。证实刺榕和地上桉属于同一物种，也就是一个月前的事。"

"好的，可能吧，你很快回来吗？"

"我看看近一个月的报告是否异常，很快就回去。"

"我发现高地蚁在进行集群。规模很大，我从来没听你说过高地蚁有这样的规模。"

"是吗？我马上回去看看。"

杜鸣终于看到了封闭实验室的大门。这个时候的大门看起来很亲切，让人有强烈的依赖感。穿着笨重的密封服挪动起来很费劲，更何况还背着氧气罐。虽然空气已经正常，杜鸣却无法消除对灾难再次发生的担心。他不敢脱下密封服，也不敢放弃氧气罐，只有带着这两件累赘缓慢地挪下来。

头盔里传出凯的声音。杜鸣拿起头盔，"我在门口，很快就到。"

"太好了。它们在筑巢。"

"什么？"

"高地蚁！它们大规模集群，在筑巢。"

杜鸣的手指已经摁在密码盘上，听到这句话停下来，"筑巢？"

"快来，看到了你就知道了，不过我怕摄像仪坚持不了多久，它们快把摄像仪埋住了。"

杜鸣迅速地摁下密码，焦急地看着大门缓缓地打开。

凯到底看到了什么？

土斯星正在发生变化。自从高地蚁进入人们的视野之后，这种数量庞大、动作敏捷的小生物快速改变着这个星球。褐色的地上桉被高地蚁啃食，破坏，取而代之以深黑的蚁巢。此起彼伏的蚁巢连亘不绝，仿佛黑色的浪潮。这种变化甚至在卫星图片上显示了出来。近五年来，星球从一个褐色大球变成了黑褐相间的大球。星球的赤道附近到处是触目惊心的黑斑，就像不可抑制扩散的肿瘤。

过于剧烈的变化，只能用灾难来形容。当然，对于遥远的甲烷层在发生些什么，人们的反应显得有些迟钝。深深的谷底，新城镇的建设热火朝天，每个人都有一份合适的工作，充实而繁忙，也就无暇去顾及这些发生在高地的事。五年前第一批地质工作者进入塔后城，他们惊讶地发现高地蚁正以疯狂的速度席卷整个星球，按照模型计算，十五年内，这种生物将会扩散到整个星球表面。于是他们发出警告。塔后城已经有了独立的政府机构，经过两年的反复讨论，同时考虑到研究行星地理的需要，终于决定建立一个标准的封闭实验室，把这个星球上最常见的三种生物——刺榕、地上桉、高地蚁作为主要研究对象。

杜鸣是高地蚁的研究者。他也许是最了解高地蚁的人。即便如此，这种小生物还是一直让他困惑。

高地蚁是一种群居生物，直观上看，类似于蚂蚁，但比蚂蚁复杂得多。单个的高地蚁是一种有效的采集机器，它有着锐利的大腭，以非凡的效率切割地上桉，它甚至能够轻松地切开松软的岩石表面，对于坚硬的岩石，它能够分泌浓度不等的酸来腐蚀。六条细长的腿提供了良好的支撑，轻盈的体态是自然选择的杰出典范……那是大自然造就的精妙机器。在实验室里，杜鸣对高地蚁的了解越深入，越觉得不可思议——这种生物应该属于复杂生态的一部分，而不应该在土斯星这样的环境中产生。这里没有足够的竞争，环境单纯，残酷而有效的优胜劣汰法则并不那么突出。单纯的环境造就单纯的生物，像刺榕和地上桉，复杂而精巧的高地蚁与此格格不入。实验室里，被捕获的高地蚁除了爬动不会做任何事，很快死亡。它们并不死于饥饿，更像死于自我封闭。它们能够利用阳光制造养分，然而即便在一模一样的环境中，它也能很快辨认出自己的囚徒处境，很快死亡。

三个月的时间，高地蚁会分巢，它们会以精确的角度、距离选择下一个巢位，和地上桉的分布毫无关系。每一个蚁巢的规模几乎完全一样，仿佛某种工业化标准的制成品。蚁巢并不会让一个第一次看见它的人感觉到激动，那只是一个三米多高的小丘，圆锥形，并不起眼。

凯到底看到了什么？

门终于打开，杜鸣迫不及待地冲进去。

杜鸣看到了779号监视仪传送的最后画面，黑乎乎的一片。

"看看记录吧。"凯关闭监视器，调用记录。"实在太让人惊讶了。"

画面在杜鸣眼里逐渐清晰起来。

高地蚁，高地蚁！

铺天盖地的高地蚁是黑色的海洋。黑色的海洋中间，是庞大的巢穴。黑压压的蚁群，从地面向着天空堆叠，它们忙碌着，每一只蚁都在贡献自己的一份力量。无数蚁的尸骨，混合着同伴的、自己的分泌液，变成一种奇特的建筑材料。每一只蚁的心中似乎都有着蓝图，它们知道自己

应该在哪个位置存在，应该在何时到位，何时泌唾，何时死去。源源不断的蚁群从四面八方聚集，踩着先前同伴的尸骨向着更高的界限冲锋。巨型的巢在这样一点点的累积中成型。

最后定型的是一个标准的半球。摄像机容不下这个庞然巨物，只能聚焦在它的底部。这已经不再是一个巢，它是一个建筑，一座殿堂，有着让人叫绝的精妙结构和恢宏庞大的规模。没有人会相信如此的存在仅仅是大自然不经意之间的作品，它的背后隐藏着某种智慧，让人叹为观止。

剩下的蚁群停止了动作，几乎在同一刻，全部的高地蚁都变成了静止的砂石。细微的镜头可以看到触须的微微颤动，它们在同一刻停下，仿佛同时接受了命令的士兵。

巍峨的圆形山丘在静穆中仿佛一座陵寝。

突然之间蚁群又开始骚动，后续军团正在抵达，层层叠叠的蚁群就像池子里的水一般开始向着高处猛涨。镜头上开始出现黑影，那是高地蚁爬过。黑影的出现越来越频繁，很快有高地蚁趴在镜头上不动。镜头迅速被遮盖，变成一片黑色。

杜鸣觉得身上很热。他用力解开脖子上的纽扣。

他突然认识到，对这种小小的生物，他的认识实在过于浅陋。内心深处，他认为自己是个专家，虽然高地蚁身上还有很多东西等待他去发现，然而绝不应该是大大超乎预料的东西。是的，研究中有重大缺陷。实验室里的研究过于理论化，必须在自然的环境下，在它们的栖息地进行观察才更有意义。在两年多的研究过程中，他逐渐形成这样的想法。但这不过是个想法，距离实现很远。他和大明谈过这个问题，很高兴地看到大明对此深表同意。然而，这并不是简单的旅行，费用庞大，必须层层审批，层层同意，最乐观的日程也要排到五个月之后。五个月并不久，特别是对于一颗久经考验的心，然而，此刻杜鸣一刻也等不下去。

此时的塔后城不会再有任何人阻拦他，当然，也不会有任何人来帮助他，而高地蚁却仿佛嘲弄般地以完全不同的状态展现在他眼前。

"我要去那儿看看。"杜鸣神色严肃得可怕。

"那是甲烷层。"

"我可以用梵天号上去，我去过一次。"

"那太危险了！"

"不会有事的，我要去看看，这是我从来没见过的现象……"杜鸣沉默了一会儿，"不能错过这个机会。错过了也许就没有了。"

梵天号沿着峭壁上升。窗外是一成不变的刺榕壁毯，

盘根错节的蔓藤中间，细柔的须根随着梵天号激起的气流舞动。

四万米高处的那个黑色陵寝是目的地。漆黑一片的屏幕不能再告诉杜鸣任何东西，而他急迫地想知道接下来会发生什么。黑色的陵寝被数以亿计的高地蚁大军环绕，这一定是高地蚁生命过程中最重要的时刻。

梵天号已经到了设计速度的极限，杜鸣却觉得它慢得像蜗牛。几分钟，也许就错过了。

"杜鸣，能听到吗？"凯的声音有几分失真。

"可以，什么事？"

"各处的高地蚁都在建筑自己的巨巢。每一个聚集地都有巨巢。你不需要去779高地，最近的一个在94号，卡西莫夫高地。"

"好，我明白。"

梵天号进入了甲烷层，崖面上不再有刺榕。刺榕就像一道水平线，标志出含氧层和甲烷层的界限。地上桉开始出现，褐黄色的巨型叶片呈肺叶状顶在每个植株的顶部，让它看起来像一把形状奇特的伞。

地上桉和刺榕同源。事实上，它们是同一种生物的两种形态。最有力的证据来自一个月前凯的报告。刺榕的培养体在实验室的精心控制下成长为地上桉形态。这无可辩驳地证明了两种植物在事实上只是一种。最近成立的生物实验室成功剥离了刺榕和地上桉的核心遗传物质，几乎完全一致。土斯星是一个生物趋同的星球。

趋同性星球一直仅在理论中存在。人类进入太空将近三千年，殖民了大大小小六百多个星球，从来没有见到真正的趋同性星球。土斯星是近来发现的唯一一个实例。一个星球只有一种生物，这种情况超越了现有的所有进化理论，谁也不知道这样的一种统治性生物如何从原始星球进化而来，不断演化变成今天的形态。

可以想象这样的生物体系多么脆弱，一致均匀的特质决定了一旦出现某种灾害，后果将是毁灭性的。高地蚁就是这样一种灾害。

更让人迷惑不解的是，在人类到来之前的漫长岁月里，高地蚁居然没有把土斯星脆弱的体系破坏掉。

杜鸣想起大明最后留下的图片。紧跟在高地蚁后边的是一个巨大的惊叹号。如果他看到高地蚁筑起的巨巢，他会把这个惊叹号放得更大，更醒目。不可思议的生物！杜鸣迫不及待地想目睹亿万高地蚁聚集的场面。一定蔚为壮观，让人敬畏。

梵天号一跃而起，眼前豁然开阔。土斯星的褐黄大地

绵亘不绝，从眼前直到天边，黑色的斑纹镶嵌其间。

梵天号以反重力状态悬停在高地蚁群上空。蚁群仍旧静止不动。中央巢穴比监视镜头中看到的更为庞大，更有压迫感。

电子扫描反复进行。然而巢穴内部有着很好的防护，扫描图像模糊不清，似乎那里边什么都没有，不过是一块大岩石。杜鸣决然不相信这种荒谬的结论。他关掉了电子扫描，把摄影镜头拉近。整个巢穴在画面上构成一个标准的圆。

某种东西正在里边孕育着。下意识里，杜鸣把它想象成了一个巨大的蛋，或者是一个茧。时机成熟，破茧而出的将是什么？一个直径两千米的蛋里边一定是某些让人惊诧的东西。

突然间蚁群开始动作，整齐划一，用一种经过设计的步调移动。巨巢的周围留出一圈空白，露出地面，那是经过高地蚁的平整的土地，黑褐的颜色，比深黑的巨巢和高地蚁略浅。巨巢、空地和密密麻麻的高地蚁构成了三个同心圆，仿佛某种抽象画。

地面上发生的变化让杜鸣高度紧张。他直直地盯着屏幕，甚至不眨一下眼。

黑色的大球仍旧静悄悄。

"杜鸣，杜鸣！"凯在呼叫。

"什么？"

"刺榕、刺榕在生长，它们长得飞快，肉眼也能看出来。"

"很快？"

"是的，它们似乎要占据所有的空地，基地里到处都是。我不知道该怎么办。"

刺榕！这种温和的生物居然也有看起来可怕的一天。杜鸣强迫自己冷静下来，他仍旧目不转睛地盯着屏幕。

"凯，别担心……"突然黑色的巨球上掠过了一道光亮，转瞬即逝，杜鸣停顿下来，一时忘了谷底正在发生的事。

"杜鸣。"

"凯，别担心，待在实验室里不要出来。我们的实验室很可靠。别担心，你在实验室里很安全，刺榕没法伤害你。"

"但是它们在疯狂生长，我从来没有见过这样疯狂生长的情况。"

"别担心，它们没有办法进入实验室，我很快会回来。"

黑色的大球变得隐隐有些透明。然而仔细看起来，仍

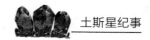

旧是黑漆漆的一片。球里边有些光亮，然而若有若无，依稀之间是种幻觉。

突然之间这黑沉沉的东西仿佛有了生命，某种东西正从大球中向外窥探，那是一个强有力的意识。黑色的大球，就像一个无底的陷阱，一种莫名其妙的吸引力让人情不自禁想投入其中。

凯的通话及时把杜鸣从近似于幻觉的境地里唤醒。

"杜鸣！我实在受不了。"

"怎么了？"

"它们会把我埋在底下。我觉得要窒息了。"

"不要怕，它们没办法进入实验室。你是刺榕专家，你知道它们缺乏这种能力。"

"是的，我知道，但是我有些害怕。"

"别害怕，现在怎么了？"

"它们疯狂地生长，已经把基地掩盖了一半。玻璃墙外边都是刺榕。我现在就可以看到它们在不断地膨胀。太可怕了！"

"凯，别怕，我们的实验室有充分的供给，三年都不会有问题。只要你待在里边，就是安全的。那些刺榕，不是正好给你提供了观察机会吗？不用担心，没事的。"

"但是它们如果把我埋在下边，怎么能出来？"

"我一定会回来和你一起等待救援。我会想办法打开通路，放心，我一定会回来。"

退出对话，杜鸣的注意力重新回到下方的巨巢上。屏幕上，大球依旧平静，没有任何异样。然而杜鸣总觉得有光芒在它的表面闪过，就像一只眼睛，正直直地注视着他。一种被看穿一切的感觉不妙地弥漫在意识的最表层。

"你是什么？"杜鸣甚至想这样向着大球发问。忘了高地蚁，忘了刺榕，忘了身处险境的凯，忘了这个星球，黑色的、庞大的、神秘的半球体牢牢地盘踞着杜鸣的头脑。

"你是什么？"在幻觉中仿佛有人这样向他发问。

"你是什么？"他这样反问。突然间他发现屏幕上的球体开始变大，以至于屏幕都容不下了。梵天号正在下降，杜鸣手忙脚乱地调整，却发现一切只是徒劳。梵天号被一股神秘力量牵引着，缓慢然而无可抗拒地下降。

杜鸣放弃了抵抗。这个时候他甚至没有害怕。他感受到某些东西，某种力量让他很平静。这种恬淡而宁静的感觉并不常有，他依稀回想起在学院的日子里，静静地漫步在月光下的幸福时光，还有凯，她会端来一杯咖啡，微笑着放在桌上然后点点头走开。此刻的感觉非常类似，他的整个身心松弛下来，就像去看一场休闲的舞台剧，半躺着，懒洋洋地望着帷幕。序幕已经拉开，演员应该登场

了。他静静地等着。

大球的顶部开裂，然后像莲花一般绽放。黑色的洞穴幽暗深远，隐约的光芒神秘莫测。梵天号一点点隐没，最后完全消失在大球里。大球重新合上，一切恢复原样。

梵天号完全停止了工作。

没有光，没有声音，没有任何东西，黑暗就是一切。杜鸣很快明白过来那冥冥的力量在干什么。它一点一点地剥夺着杜鸣的身体。

身体逐渐麻痹起来，慢慢地不能动，不能看，不能听，不能呼吸，仿佛他的身体正逐渐地被切割开来，不再为他所有。

最后一丝感觉也失去了，意识轻飘飘的，仿佛悬浮在真空中。

什么东西正在接触他，观察他。突然间，杜鸣想起自己来到这里的目的是观察高地蚁，然而却成了高地蚁的观察对象，想到这里他情不自禁地想笑。高等和低等，智慧和愚昧，全然颠倒过来。自认为把自然掌握在手中的人类，其实始终被禁锢在自然的伟力之中。

"你好，人类！"一个声音渗入杜鸣的意识。

"你好！"

倦怠的感觉侵袭着杜鸣，他知道自己马上就要睡过去，在睡过去之前，他挣扎着问了一个问题。

"是你控制着高地蚁，控制着刺榕，控制着这个星球？是你杀死我们的人，毁掉塔后城？"

答案简单而干脆。

"不！"

杜鸣堕入无可抗拒的黑暗之中。

杜鸣醒过来。他看见了白色的天花板。

他听见有人叫喊，"他醒了，他醒了。"然后是杂沓的脚步。最后他看见了凯的面孔。

杜鸣霍然坐起来，"我们在哪里？"

凯扶着他，"一切都结束了，我们在救援飞船上。我们安全了。"

"救援飞船？"

"是的，你不是呼叫了星际救援吗？"

杜鸣不再去想为什么救援飞船会来，也许是一个偶然，不过这样很好，他得救了。

"我记得……"

"高地蚁把你送下来了。最初我以为是你回来了，但是呼叫你总是没回复。等到梵天号降落后，我发现驾驶它的竟然是一群高地蚁。一群高地蚁抬着你的身体从梵天号出来，它们认识路，另一群高地蚁在前边咬开刺榕开路，直奔实验室的门。几只蚁爬到密码盘上，它们配合得天衣无缝，竟然键入了密码。真是不可思议！我吓得够呛，躲在内舱不敢出来。它们爬进来，放下你的身体，然后又走了。走的时候居然还关上了门。"

杜鸣感到一阵头疼，他摇摇头。凯关切地问，"怎么样？"

"没事，你继续说。高地蚁把我送下来，然后呢？"

"它们走了。"

"走了之后呢？"

"太空殖民署决定放弃土斯星殖民计划，五十二号殖民船已经返航。据说紧急事件调查委员会会派专员来。"

"高地蚁呢？"

"它们走了。"凯打开一段录像，"这是从分布在各个点的监视器资料上剪辑下来的，我特意给你准备的。我实在不敢相信这居然发生在土斯星上。"

褐黄色的大地绵亘不绝，黑色的斑纹夹杂其间。

庞大的巨型巢穴突然迸裂，一道电光破茧而出，向着高空飞去。高地蚁群开始沸腾，它们四散而去。

全球各地腾起闪亮的光柱，就像一颗颗流星划过天空，那是空气电离发出的闪光。流星的闪光络绎不绝，在高空交汇，最后变成一个庞然的大球，闪烁着，悬浮在高空。

高地蚁在不断四散，不断死亡。它们似乎永远不会停下，直到生命结束。前边的高地蚁还在前进，后边的已经开始分解，腐烂。这种奇迹般的生命也用一种奇迹般的方式抹去曾经存在的痕迹。

电离的大球在高空缓缓飘移。地面上，地上桉仿佛雨后春笋般蹿出来，重新占领曾经被高地蚁侵占的土地。卫星图片上，黑色斑纹迅速地缩小，很快不见，土斯星恢复成褐色核桃的模样。

最后的一幕到来。飘移的大球突然停下，在一瞬间变得很大，光芒万丈，甚至淹没了太阳。光芒过后，一切消失不见。

"就是这样。太不可思议了。它们超越了我们太多。"

"你呢？你到高地蚁的巨巢那里发生了什么？"

"它们抓住了我，把我当作观察样本。"

凯笑起来，"没有想到高地蚁专家成了标本。"

杜鸣也笑笑，"是啊，真是想不到！"他转过头，看着舷窗。外边星空浩渺，繁星似尘，无尽的空间和时间，都在那里流淌。

是的，还有更多的想不到。巨型蚁巢孕育的东西——

高地蚁主人留下了一些东西在他的记忆里。

世界之根在反击，它为积蓄力量而抽掉所有的氧。塔后城只是一个附带的牺牲品。大明是对的，高地蚁不属于土斯星，它打破了原有的平衡。而这并不是高地蚁主人的本意。

我们的进入是个误会，这个星球已经拥有生命。

一切生命都值得尊重，我们会离开。很高兴能看到你们和它和平共处，希望永远不会有它为了生存而挣扎着报复的一天。我们会看护它。

杜鸣看到了那个小小的褐色星球，在群星之间，它暗淡无光。杜鸣想起什么，伸手在脖子后边摸索着，那里有硬币大的硬硬的一块。

高地蚁的奥秘已经嵌入你的体内，这是一件礼物。

杜鸣感觉到压迫，那混合着惶恐的使命感让他思绪万千。他想，他这一辈子都要和那小小的星球，那奇特的高地蚁，还有冥冥之中那无形而可畏的力量联系在一起了。

星　落

　　它是宇宙肇始即被抛弃的孤儿，是坠入黑暗的光明之火。

　　它是十四万光年内唯一的绿洲，是绝境中仅存的希望之光。

　　它承载着六千五百五十一万九千四百八十八个神的传说，每一个传说都和漫天星斗交相辉映。

　　它是星落，平静得如同死水，千年万年不变，直到星星落下的那一天。

　　阿奴吉亚站在坡顶，摆弄着手中的望远镜。这样东西能够用来眺望远方山谷中迁移的卡西莫兽，他不用再为了跟踪兽群而费尽心机，只要找一个开阔的高处，一切情况

就能一览无遗。

感谢永恒的星，有人发明出这种玩意儿，真是帮了大忙。

兽群出现在山谷中。今年的气候变化不同往常，春天来得更早，卡西莫兽也提前来了，然而，数量却少了许多，三三两两，从山谷的草丛间走过。

阿奴吉亚发出沉闷的哼声，嘴角边的短须直直地翘了起来。

卡西莫兽的粪便是最好的肥料，如果卡西莫兽的数量不够，今年的收成就会令人担忧。

他不希望自己带回村里的是坏消息，然而没有消息比坏消息更坏。司星人早已经到村子里传过话，今年要按照丰年的标准上交，因为去年空桑大人已经宽限过一回。交给星星和太阳的祭品少了，神会不高兴，空桑大人会发怒。传说中，空桑大人的怒意会杀死整个村子的人，只留下卵，交给别的村子。这是谁都不会想要的可怕命运。

只希望今年的收成会好一点。

然而从卡西莫兽群的情况来看，情况会很糟。

时间只到中季[1]，也许还有转机。

──────────

1 这个星球上的文明把一个循环分为早中热冷四个季节。

想到中季，阿奴吉亚抬头望了望天边，速昂星仍旧低垂在北方的天空，清晰可见。

正是中季。阿奴吉亚低下视线，正想继续观察兽群的动向，却只觉得天边什么东西一亮。

他抬头仔细查看。

白昼的天空里，星星并不分明，然而还是有几颗最亮的星星在天边展露行迹，速昂星是其中最亮的一颗，在北边的天空里，哪怕阳光最强烈的午间都能用肉眼看到。

然而阿奴吉亚看见的不是他所熟悉的任何一颗星星。

是的，就在速昂星右方，有一颗星星，它的光芒比速昂星要暗淡得多。

阿奴吉亚揉了揉眼睛。

确定无疑，那里的确有一颗星星。

然而，在所有的星图中，它从来不曾存在过。

永恒的星！阿奴吉亚的心几乎要从胸膛里跳出来。

一颗新的星星出现了！

阿奴吉亚紧绷身体，将两只中间肢从地上抬了起来，只用双足站立着。他将望远镜放在一边，两双手同时抬起，向着那远方的星辰张开。

万千祖先的神灵，让我响应你的召唤，在永恒的星之间与你相会。

　　他默默祈祷，然后躬下身子，蜷曲着趴在地上。

　　片刻之后，他站立起来，向着远方的天空张望。

　　星星仍旧在那里，依稀间闪着青紫的光芒。

　　阿奴吉亚顾不上继续观察卡西莫兽群的动向，他匆匆地抓起望远镜，背上行囊，踏上来时的小路。

　　一颗新的星星，他必须将这个消息带回去。

　　尘世间，没有什么比这个消息更重大了。

　　庞贝里焦急地在朝房里打转，等待一个人来。

　　"司星大人，人来了。"卫兵报告了一声。

　　"赶快带进来。"庞贝里迫不及待地吩咐。

　　卫兵把人带进门来。

　　来人四肢伏地，用俯姿行走，见到庞贝里，上肢双手合拢，恭敬地鞠躬。

　　庞贝里双足站立，比来人高出两头，居高临下地看着对方。往常接见下一等级的人，他都会先不紧不慢地问上几句无关的话，然后才切入正题。这一次，他顾不上客套，一把拉住来人的手，将他从俯姿拉起来，变成站姿，和自己面对面。

　　"你就是阿奴吉亚，最早报告了星星消息的人？"

　　"是，大人。"

"穿上这件罩袍，跟我来。"庞贝里指了指一旁的桌子。桌子上有一件浅灰色的袍子，袍子上绣着金色的饰带。

阿奴吉亚身上散发出惊恐的气息，他被这尊贵的袍子吓坏了。

"这是大人才能穿的袍子啊。"他慌忙推辞，一边又将中间肢放了下去，重新变成俯姿。

"叫你穿上你就穿上。"庞贝里有些不耐烦，"我要带你去见空桑大人。"

阿奴吉亚更加惶恐。面见空桑大人，这怎么可能！

"你可以现在照我说的做，或者我会把你的领主找来，让他吩咐你。但我不想那么麻烦。"庞贝里下了最后通牒，"镇静一点，照我说的做。"说完他看了一眼阿奴吉亚，心中有一丝紧张。如果这个布雷塔[1]是一个驯服者，那么就无法独立行动，计划就要重新修改。他希望阿奴吉亚是一个自由者。

阿奴吉亚嘴边的短须卷曲收缩，成了小小的一团。但是他仍旧按照庞贝里的要求进行了一次深深的呼吸。短须缓缓地舒展开，他身上散发的恐惧气息也随之消散。

1　星落上的文明是一种依赖信息素的真社会性动物，等级由信息素来控制，布雷塔是最低等级，阿奴吉亚即布雷塔。

庞贝里很满意。这个布雷塔真的是一个自由者，不需要领主的强制，他也可以执行命令。那么他就是最合适的人选。

"穿上罩袍。"庞贝里再次指示他。

阿奴吉亚缓缓走到桌旁，拿起那贵重无比的袍子。

光滑柔软的长袍裹住了阿奴吉亚的身子，现在他看上去就像一个司星人。

"跟我来。"庞贝里摆摆手，转身就向着屋子内走去。

阿奴吉亚紧紧地跟在他身后。

屋子的尽头是另一扇门，比入口的门更大，更结实，更威严。两个门扇，左边雕着太阳和它的两个使者，右边是北天的星空。

阿奴吉亚从未见过这高尚的所在，他只知道，太阳和星星的大殿是神圣大巫的居所，除了司星人和司日人，谁都不能进去。

当领主告诉他，司星大人要他即刻前往圣城去报告情况时，他惊慌失措。司星大人恐怕会杀死他，因为任何关于星星的消息，都不该由一个卑贱的布雷塔来报告，他触犯了忌讳。这忌讳却是在他在村子里四处传播了消息，传入领主耳朵之后，领主才找到他，告诉他的。他无心冒犯，然而既成事实，只能认命。领主显然也认为这一趟凶多吉少，给了他一顿丰盛的晚宴，一碗满满的皮谷，一条抹着盐末的裳鱼和三块绿油油的卡西莫兽肉。这是阿奴吉亚记忆中吃得最饱的一顿饭。

布雷塔的生死是属于领主的。他也不再多想，吃饱了就连夜出发，在路上走了三天，终于到了圣城。

他是来领死的，司星大人却让他穿上了司星人的圣袍，将他装扮成了司星人。然而，他只是一个布雷塔，一个卡西莫兽探子，一个低贱的下民而已。

"大人，"他低声询问，"我是否该在外边守候。"

"你跟着我。"司星大人只是简短地回应。

门内发出三声沉闷的响声，像是钝器击打桌子的声音。然后门缓缓地开了。

一个巨大的穹顶展现在阿奴吉亚眼前。

透明的穹顶上，雕刻着各种图案，野兽、庄稼、农人、士兵……阳光穿透下来，让所有的形象都散发出金色的光芒。所有金色图案的中央，是一个巨大的彩色人像，他穿着白色的礼服，四手高举，身子笔挺，正在祈祷。那是神圣大巫的画像，阿奴吉亚情不自禁地就要俯身下去。

司星大人回过头来，"跟着我，我让你俯身你才俯身。"

一句话让阿奴吉亚重新站直。

跨过台阶，走进大殿，穹顶之下，触目所及，一片灿烂金黄。整个大殿都由黄金铺就，纹饰中镶嵌着各色宝石。大殿的最高处就在大殿中央，一级级黄金的台阶从四面通向穹顶，构成一个金字塔。那至少有十弥第[1]那么高。

金字塔的顶端，站立着一个身穿白袍的人。他正好站在穹顶人像的头部下方，仿佛正被画像中的人物注视着。阿奴吉亚浑身颤抖，那是空桑大人，神圣大巫的代言人。阿奴吉亚从未想过能够在这么近的距离上看见空桑大人。哪怕对他的领主来说，这也是百年一遇的荣耀。

不等庞贝里招呼，阿奴吉亚已经俯身下去。这一次，他将整个上身都低了下去，六肢平贴在地。地板中传来强烈的气息，让他的身子抖个不停。

"庞贝里，你带来了使者？"站在高台上的空桑发话。

庞贝里俯身站着，双手合拢，"是的，空桑大人，这个布雷塔——阿奴吉亚首先带来了消息。按照您的指示，我已经将他拔擢为司星人。"

"你站起来。"

阿奴吉亚听见了神的代言人的指示，与此同时，他嗅到了奇异的香味，浑身的紧张顿时荡然无存，只感觉到说

1　星落星球上的长度单位。

不出的自信平和。神在赐福给他。

他抬起上身，用俯姿站立。他看见了空桑大人的脸，沧桑的脸上的皱纹犹如刀刻。据说，活得足够久的老人的脸会完全凝固，只剩下一种庄严的表情。看起来空桑大人正是如此。

空桑大人向他招手，示意他走上台阶。

阿奴吉亚感到分外惊讶。站立在圣殿的穹顶下是神圣大巫的特权，跨上那黄金铺就的台阶，哪怕有那么一丝想法，也是亵渎神灵。

庞贝里向他点了点头，示意他遵照指示去做。

阿奴吉亚跨上了台阶。他只觉得脑子一片茫然，像是有某种神奇的力量在推动着他，而不是自己迈开了脚步。

一阶又一阶，总共二十二阶。

当他最后站上了高台和空桑大人面对面时，一直推动他的力量突然消失了。

他仿佛从梦中醒过来，慌乱地看着眼前的老人。当他的视线游移，便看见了不曾预期的东西。

老人身后立着一台奇特的机器，阿奴吉亚从未见过。它像是一个镂空的球体，上面纹饰着神圣的雷兽花纹。从镂空的球体中伸出粗大的长管，指向北边的天空。

"你带来神的消息，便是神的使者。"老人开口说话。

"我是您的奴仆。"阿奴吉亚真心实意地回答。

"摩尼卡需要你。"老人自顾自地说。他是神的代言人，阿奴吉亚心悦诚服，等待着指示。哪怕让他立即去死，他也不会有一丝犹豫。

老人却没有继续说话，而是示意阿奴吉亚走到自己身边。

"从这儿看出去。"老人吩咐他。

阿奴吉亚眼前是一个小小的玻璃镜片。这和他用来跟踪卡西莫兽群的望远镜很像。

这是一架巨大的望远镜！他猛然意识到这点。

他凑上前去。

圆形的视野里，有九个青紫的光点，排列成一个"V"形。中间的一个最大最亮。

阿奴吉亚大吃一惊，新的星星居然不止一颗，而是九颗。星的世界是永恒的，一下涌出这么多星星，那究竟意味着什么？

"永恒的星将降落大地。"空桑大人缓缓地说，"你是被选中的使者，你带来了第一个消息，然后将带给我们最后的神谕。"

随着他缓缓的话语，阿奴吉亚只觉得一股力量在身体里膨胀。他充满着渴望，迫不及待想要去完成某件事。

空桑大人指引着他，对于一个布雷塔来说，还有什么比这样的情形更美妙。

"你要穿过摩尼卡的国土，前往北方，亚迪特人十五天前曾送来消息，他们得到了一些奇怪的东西，是天上落下来的铁块，而且还能发光。他们是不信神的野蛮人，只想用这东西来交换点什么，你将以司星人的身份前往，不管那是什么，你要把神的旨意带回来。"

这将是一趟无比凶险的旅行。亚迪特人都是野蛮人，他们从来不讲规矩，不守信义。大大小小的亚迪特酋长彼此之间没有任何长期的归属或者联盟，随时可能为了一头家畜或者一件物品大打出手，甚至传说他们会吃掉俘虏。如果那真是天上落下来的圣物，恐怕早已经在不同的亚迪特部落之间转手多次，真正的下落成谜。

这更像是一趟有去无回的差使，然而阿奴吉亚没有任何顾忌，他迫不及待地想去完成它，哪怕为此付出一切。

布雷塔的生命是属于领主的，更是属于神圣大巫的。这是他命中注定的荣耀。

"我将全力以赴。"阿奴吉亚庄严地承诺。

无法言说的快意从脊背上涌起，扩散到全身。他像是在云端飘浮，身上的每一块骨头都松散开，沉浸在无边无际的快感中。

这是空桑大人予以他的奖赏。

忽然间，快感消失得干干净净，他仿佛突然落入冰窟，全身都被冻结起来，冷得刺骨。一点残存的意识中，他看见了玻璃中自己的影子。自己正全身蜷曲，像一个刚出生的婴儿般团成一个球。

"如果你背离我的指令，将会堕落成为亡灵，永远禁锢在恐惧之中。"空桑大人的话语如细丝一般穿入耳中。

摩尼卡的司星人又来了，而且没有护卫，孤身一人！

这个消息在部落间快速传递。

摩尼卡人前前后后已经送出了十二个使者，他们都死了。虽然这些使者都带着护卫团，然而亚迪特人怎么会把那一点小小的武装力量放在眼里。所有的使者和他们的护卫团不是被这个部落就是被那个部落撕成碎片，变成了餐桌上的一顿美味。然而这一次，使者居然孤身一人。

两天之间，司星人已经走了三百弥盾[1]，经过至少十个部落的地盘，居然毫发无伤。

据说，这个使者是虔诚的司星人，一心一意只对星星祈祷，没有一点趾高气扬的使者模样。

1　星落星球上的长度单位。

酋长们都在观望，他们想看巴姆巴洛姆的好戏。看他怎么处置这个不一样的使者。

衣着光鲜的摩尼卡人言辞花哨，不可信赖，天上多了许多星星，却是确定无疑的事实。

那些青紫色的星星，哪怕在白天也格外分明。它们不是一般的星星，而是像太阳的两个使者一样在群星之间移动。它们移动得比太阳使者更快，昨晚还偏离速昂星两个拇指，今晚已经位于速昂星的正下方[1]。

巴姆巴洛姆站立在自己的营房前，远望着北方天空。春天的风不算凛冽，然而仍旧带着寒意。巴姆巴洛姆却一直纹丝不动，直到里多姆西姆走过来。

"巴姆，欧拉[2]刚到，是罗卡姆送来的消息，司星人已经通过了罗卡姆的哨卡，还有十二弥盾就到了。"

"他仍旧是完整一个吗？"

"毫发无伤。"

"嗯，知道了，我会等他。"

1　亚迪特人用拇指宽度来衡量星星间的距离，方法是伸直右臂，闭合左眼，移动手臂观察两星之间有多少个拇指的宽度。

2　欧拉是一种飞行生物，类似于地球生物圈的鸽子，能够利用磁场辨认方位。

里多姆西姆却没有走开。

"巴姆,斯鲁姆帝要求我们把东西送给他,他的大军已经距离我们不远。"里多姆西姆接着说,"明天一早,你和司星人会面的事情一定会传到斯鲁姆帝那边。那时候,恐怕就晚了。"

巴姆巴洛姆伸展四肢,紧握拳头,"我不怕他,他不过是一头笨拙的卡西莫兽而已。"

"但是他的士兵数量是我们的六倍。"

"如果他想开战,我会冲进他的阵地,把他的头砍下来。"巴姆巴洛姆淡淡地回应。结束一场战斗,最简单的一件事莫过于砍掉对方首领的头,一旦首领死亡,整个部落就会完全丧失斗志。在过去的十二年里,正的反的方面,巴姆巴洛姆都经历过。

敌人当然也知道这一点,因此这将是一场艰难的战斗,不会像他的语调一样轻松。

"我们会死掉很多人。"

"只要抓到俘虏,就把他们转化成我们的布雷塔。我也会抓几个领主,我们的力量会得到补充。"

前提是真的能够在战场上砍掉斯鲁姆帝的头。

斯鲁姆帝想要星火,然而星火不能交给一个笨蛋,哪怕他是最强有力的酋长。这些笨蛋只会把它送给摩尼卡人，换点粮食、牲畜，甚至圣水之类的。星火不是一般的宝物，它应该值更多！

巴姆巴洛姆瞥了一眼远方。远方那青紫色星星移动得越发明显，甚至肉眼都能看出那一串青紫色的光点正在漫天星斗中缓缓飘移。

巴姆巴洛姆心念一动，"告诉战士们，我们随时做好准备，我和司星人见面后，也许我们连夜就要出发。"

里多姆西姆不再说话，鞠了一躬，退了下去。

巴姆巴洛姆四下看看，一个人也没有，除了风吹动旗帜的响声，没有其他的声音。

巴姆巴洛姆反手一抄，上肢的双手抓起两柄短剑护在胸前。短剑在星光下闪闪发亮。他从腰部的口袋里掏出星火，由两条中间肢抓着，捧在胸口。

银色的金属映着短剑的寒光，在银色环绕的中间，是一团火红的颜色，不断跳跃，就像一团火，却没有一点热度。最近两天，这团没有温度的火焰跳得越发活跃了，甚至会发出奇怪的响声。

他正想将星火放回到包裹中，原本闪烁不定的火光却突然炽烈燃烧，升腾起来，尽管仍旧没有热度，却亮了许多倍。

刹那间，仿佛和星火之间存在某种感应，远方的青紫色星星也突然间光亮大增。原本皎洁的星光蒙上了一层薄薄的紫色，转瞬又不见。

巴姆巴洛姆一时怔住。

半晌之后，他将星火放回到包裹中，走向库卡[1]的棚子。

库卡都睡了，巴姆巴洛姆将自己的库卡弄醒，库卡不满地摇头摆尾，巴姆巴洛姆用力拉着缰绳，将它拉起来，牵着它出了棚子。

他翻身骑上库卡，奔驰而去，哒哒哒的蹄声在夜空下回响。

星光如水，照亮大地。

司星人距离营地还有十二弥盾，然而他一刻也等不了。

当那个高大的亚迪特人手持两柄短剑站在自己身前，阿奴吉亚以为自己已经迎来了最后的命运。一个亚迪特强盗会做出任何事，包括不分青红皂白，一刀割开对方的呼吸囊。虽然他已经多次化险为夷，但并不表示这一次会同样幸运。

1　库卡是一种类似马的动物，六肢奔跑，体型高大。亚迪特人绝大多数都是库卡部族，驯养库卡，征战为生。

他松开缰绳，张开四肢，示意并无武装，"我是星星的仆人，与世无争，以神圣大巫的名义寻找从天而落的星星碎片。"

"你就是那个孤身一人的司星人？"面前的亚迪特人沉声发问。

"是的。"

"我叫巴姆巴洛姆。"亚迪特人说道。他的中间肢突然捧出了一个光球，在星光下闪闪夺目。

阿奴吉亚的眼中放出异样的光彩。毫无疑问，这就是空桑大人要他寻找的东西，星星的碎片。那晶莹剔透的光泽，不是人间所能制造的东西。

"我要这样东西，你希望用什么来交换？"阿奴吉亚直截了当地问。亚迪特人都是粗野的武人，对他们要用最直接的言语。

巴姆巴洛姆却摇头。

阿奴吉亚伸手从罩袍里拿出一个小瓶。

"这是神圣大巫的圣水。揭开瓶盖，你的整个部落都可以沐浴神的关怀。"圣水是阿奴吉亚能够给予的最好的交换条件。亚迪特人的酋长和摩尼卡领主有些不同，他们无法产生令人陶醉的气氛素，因此极度渴望能获得圣水，为此不惜发动战争。然而一旦摩尼卡的领主进入亚迪特，过不了多久，也会渐渐失去这种能力。因此在亚迪特的土地上，圣水一直是最昂贵的交换品。按照行情，这一瓶圣水可以值三百库卡，越往北方越贵。

巴姆巴洛姆仍旧摇头。

这个亚迪特人的行为有些奇怪。

"那你的条件……"阿奴吉亚试探着问。

"星星带来什么，巴姆巴洛姆要分一半。"巴姆巴洛姆回答。他的两柄短剑护着发光的星星碎片，似乎要防范阿奴吉亚抢夺。

没有人会疯狂到从一个亚迪特剑士的手中抢夺。

"谁都不知道星星会带来什么，那是神的意志。"

"当星星降落的时候，永世的乐园就来到人间。我知道你们的预言。"巴姆巴洛姆倔强地回应。

"谁也不能强迫神做什么，不做什么。"

"如果神只赐福给摩尼卡人，而不赐福给亚迪特人，至少他能赐福给我的部落。"巴姆巴洛姆的嗓音仍旧低沉，"许还是不许？你没有多少时间了，星星在召唤它！"

"星星在召唤它？"

"是的，就在我来之前，它发出剧烈的火光，而星星亮了一下。"

阿奴吉亚不知道对方手中的东西是否会发出火光，然而就在一刻钟前，他似乎的确看见了星星的闪光，稍纵即逝。此刻，这个亚迪特人提起，他明白并不是只有自己一个人感受到了那闪光。

他从罩袍下掏出望远镜，眺望青紫色的星星。

青紫色的星星已经变得巨大，甚至可以看出隐约的圆环。原本跟随它的另八颗星星则失去了踪迹。

如果星星要降落尘世，那么时间也快到了。

阿奴吉亚放下望远镜，"我不知道神圣大巫是否能同意你的要求，但是我可以带你去见他。在我做出决断之前，我要知道你为什么想要星星的赐福。"

"太多的流血，如果流血可以换来和平和幸福，勇士不会退却。可流血之后还是流血，我要带着我的部落离开。"

"我会带你进入摩尼卡的圣地去接受神圣大巫的裁决，但是我不能承诺什么。"

"除了给我承诺，你别无选择。"巴姆巴洛姆咄咄逼人，"在我没有得到神圣大巫的承诺之前，你要以星星的名义给我承诺。"

"我不能这么做。"阿奴吉亚平静地抗议。

"你会这么做。"巴姆巴洛姆的眼睛在星光下闪闪发亮，"否则就算我将星火给你，你也绝对无法活着走出十

个弥盾的路。"

他挥了挥手中的短剑，"我和我的部落为你护驾，这是你带着星火回到圣城的唯一选择。"

阿奴吉亚不禁有几分犹豫。司星人没有权力做出承诺，然而这个叫作巴姆巴洛姆的亚迪特人并不是向一个司星人要求承诺，而是要求他个人的承诺。这是任何人都可以给予另一个人的东西。这也表示，他们的生命就此连接在一起了。

他看着巴姆巴洛姆，对方的眼睛血红，哪怕在星光下也能看得分明。红色的眼睛代表领主的血统，和一个领主连接在一起对任何普通人来说都是一种光荣，哪怕是司星人。

然而亚迪特人的血是粗野的。

阿奴吉亚仍旧犹豫着。

忽然间，巴姆巴洛姆手中的星火暴涨，仿佛一道红色的光瀑阻隔在两人之间。远方的青紫色星星做出了回应，一道炫目的紫光扫过大地。

这是星星在发出召唤吧！

"我同意。"阿奴吉亚做出了决定。

巴姆巴洛姆走上前来。

他收起了星火，拿起一柄短剑在手掌上划过，鲜血直

星落

87

流。然后他将短剑递给阿奴吉亚。

阿奴吉亚接过短剑，毫不犹豫地划破手掌。

两只流血的手握在一起。

血与血混合在一起。

一切计划都被打乱了。

那个叫作阿奴吉亚的布雷塔不但没有被亚迪特人杀死，反而带回来一个亚迪特部落。

亚迪特部落护卫着司星人，长驱直入到了圣城。一群野蛮人大摇大摆地走在圣道上，各地的军队却眼睁睁地看着而束手无策，这是从来没有发生过的事。

此刻，就在圣城的朝阳门外，亚迪特人占据了一大片地，扎起了营帐。

好像圣城已经沦陷了一样。

庞贝里心乱如麻，忐忑不安地等待着召见。

然而空桑大人却亲自来了。

庞贝里俯身迎接。

空桑大人让人关上门，只留庞贝里一个人在屋子里。

"你把事情搞砸了。"空桑大人开口说。

庞贝里俯着身子，不敢说话。

忽然间，一阵强烈的恐惧感袭来，让他身体僵直，呼

吸停滞，就像要死过去。

空桑大人真的生气了，释放出强烈的气氛素来惩戒他。

庞贝里瑟瑟发抖。这种强烈的气氛素能杀人，只要半分钟，他就会在恐惧中死去，他清楚地明白这一点，然而没有任何反抗的余地，只能情不自禁地把身子蜷起来发抖。

好在只片刻工夫，压迫感便消失了。空桑大人放过了他。

"你来了结这件事，野蛮人不该在圣城出现，把那个星星的碎片带给我。"

"司星人是圣职，只有您能裁决。"庞贝里从地上爬起来，俯身低头，小心翼翼地说。

"你可以当众宣布免去他的司星人身份，他就是一个布雷塔而已。"空桑大人漫不经心地回答，"把星星碎片带给我。别再搞砸了。"

"遵从您的吩咐。"庞贝里唯唯诺诺地答应。

空桑大人的脚步声逐渐远去。

庞贝里直起身子。

这都是那个叫作阿奴吉亚的布雷塔惹的祸！如果他死在亚迪特人手里，他就能得到星星的荣耀。然而他却偏偏回来了，还把亚迪特人带到了圣城。

他真的把星星的碎片带回来了，这倒是一个意外的好消息。

庞贝里拿定了主意。

该死的人都去死，世界就太平了。

至于星星……他有几分烦躁。空桑大人一定有办法，永恒的太阳和星星永远不会变。

圣城的门终于打开了。

司星主使在一群随从的簇拥下走到了营帐前。每一个随从都带着巨大的气袋，几乎有一人高，直直地立在每个人的头顶，看上去就像顶着巨大的黄色的缸。

他们身材高大，体魄强健，一块块白亮的肌肉像是要从皮肤里爆出来。赤裸的上身只有两条绶带，绶带的末端挂着斧子，随着身子晃动。

阿奴吉亚有一种不好的感觉，从前他见过这样的阵势，那是处死犯人的场面。他努力将这种念头压下去。

主使很快走到了阿奴吉亚面前。阿奴吉亚俯身。

"以神圣的星星的名义，你，阿奴吉亚，不再是受到庇佑的司星人。"主使宣布。

阿奴吉亚愣住了。

他不自觉地直立起来，"大人，您说什么？"

庞贝里被这举动吓了一跳，退后了一步，很快镇定下来。

"脱下你的罩袍，你不再是司星人了。"

"大人，我把星星的碎片带回来了。"这一定是搞错了，阿奴吉亚仍旧想分辩。

一只手拉住了他的胳膊。

阿奴吉亚扭头望去，是巴姆巴洛姆。

"星星的代言人，到底带来了什么消息？"巴姆巴洛姆粗声粗气地问。

庞贝里看了看巴姆巴洛姆，又看了看他身后的部落战士。

"这里不是你们该来的地方，永恒的星不会承认你们的灵魂。"庞贝里强硬地说。

"大人，他们愿意交出星星碎片。"阿奴吉亚慌忙说，"如果不是他们，别的亚迪特人早就把圣物抢走了。"

庞贝里嘴角边的短须直立起来，"你已经被免除司星人的身份，布雷塔不能在领主面前说话。"

"我的星火是交给他的，他代表我们说话。"巴姆巴洛姆说道。

庞贝里冷笑。

他张开四肢。

几乎就在一瞬间，巴姆巴洛姆身后的亚迪特战士都倒了下去。所有人的症状都一样，身体蜷曲，瑟瑟发抖。

阿奴吉亚感到身子发软。

庞贝里释放了气氛素。只要一个念头，星星的代言人就能够让所有的人失去抵抗能力。那些高大的随从都用气袋护住了他们的呼吸囊，不受影响。他们早就预谋好了。

巴姆巴洛姆也倒了下去，然而他并不像其他人一样发抖，而只是蜷起身子，收缩六肢。

庞贝里洋洋得意，嘴边的两条短须盘成圆形，挥动胳膊，示意身后的随从们上前。

随从们提着斧子向前。

"大人！"阿奴吉亚颤声叫道。

庞贝里看了阿奴吉亚一眼，露出一丝惊诧。

"你居然还能说话，可惜……"

"他们只是想归属于神圣的星星国度，不要杀他们。"

庞贝里的短须直直地立了起来，显出不屑一顾的样子，然而随即收缩短须，瞪大眼睛，变得惊恐万状。

原本匍匐在地上的巴姆巴洛姆突然间跳起来，四只手上都抓着短剑。他风一般掠过阿奴吉亚身边，向着庞贝里冲去。

庞贝里来不及做出任何反应，头颅便掉落下来，脸上

仍旧凝固着惊恐的表情。断开的脖子上碧绿的鲜血如箭一般射出。

巴姆巴洛姆弯下身子，抓起庞贝里的头，用力抛向高空。

原本正准备动手的随从们被这突如其来的变故搞蒙了。

庞贝里的头颅重重地落在地上，随从们一哄而散。

任何队伍，只要失去头领，就自然崩溃，无论是摩尼卡人还是亚迪特人，都是如此。

城门上的人慌忙关闭大门。

阿奴吉亚看着地上的人头，突然意识到他们也很快会步司星主使的后尘。他们会被十倍的战士围攻，哪怕亚迪特战士再英勇也无济于事。

高大的身躯走到他的身前。

"对不起，我不能带给你星星的祝福。你们快跑吧，趁着军队还没有集结起来。"阿奴吉亚没有抬头，他知道站在眼前的是巴姆巴洛姆。他只感到万分沮丧。

"我们哪里也去不了，既然到了这里，就不可能再回亚迪特去。"巴姆巴洛姆回应，"这个给你，这是我的承诺。"

星火就在眼前晃动。

"我父亲的父亲告诉我，只有虔诚的人才是真正的司星人，带我们去星星那里。"巴姆巴洛姆说。

阿奴吉亚接过星火。

红色的没有温度的火焰晃动着。

只有星星才是最后的希望。

这场追逐和战斗的游戏到了尽头。

圣城的卫戍部队倾巢而出，巴姆巴洛姆带着他的战士且战且退。

亚迪特人英勇善战，然而敌不过对方人多。一阵厮杀后，他们被包围在一个小村子里。

圣城卫戍部队暂时停止了攻击。

巴姆巴洛姆知道这些摩尼卡人在想什么诡计。他们会把领主找来，释放气氛素，亚迪特人对气氛素没有什么抵抗力，除了他自己。

跑是跑不掉的，深入摩尼卡的领土三百弥盾，到处都是敌人。如果不是阿奴吉亚以司星人的身份领路，他们也根本不可能进入这片土地。

这片土地上应该到处都是财富，然而一路上看来，也并不比亚迪特更富足。也许圣城内就是富丽堂皇的天堂，但是那天堂的门已经永远合上了。

战斗直到流尽最后一滴血。

他想带着族人摆脱宿命，却还是落在了宿命里。

巴姆巴洛姆提着剑在战场上巡视，战士们都很疲惫，胡乱地吃着干粮，看见他过来，纷纷起身致敬。

所有这些人都是他忠诚的战士，今天或许都要死在这异国的土地上。

战斗而生，战斗而死。

如果这就是命运，那就勇敢地面对它。摩尼卡人想不战而胜，不能让他们轻易得逞。巴姆巴洛姆下定决心，稍事休息，就带领战士们发动进攻，或许还能打破包围。巴姆巴洛姆扫视一眼，他看见了阿奴吉亚。

阿奴吉亚在一旁跪着，这个曾经的司星人，四只手牢牢地捧着星火，口中念念有词。

他在向星星祈祷。

巴姆巴洛姆看着这个和自己血液交融的人。摩尼卡人信仰太阳和星星，亚迪特人只相信剑与火。面对随时可能到来的死亡，全心全意地祈祷需要坚定的信念。然而阿奴吉亚看上去柔弱不堪，在脱掉了司星人的灰袍之后，他就像一个普通的农人。

然而他是个信仰坚定的农人。

巴姆巴洛姆走到阿奴吉亚身前。

阿奴吉亚双目紧闭，口中念念有词。

"阿奴吉亚，我不能再保护你了。"巴姆巴洛姆说。

阿奴吉亚并不回应，仍旧祈祷。

战士们都围了过来。

巴姆巴洛姆张开四肢，四柄利剑直指蓝天，发出一声嘶吼。他正竭尽全力，将身体里所有的气氛素都释放出来，他的气氛素没有别的作用，只能让战士们亢奋，发挥出最大的战斗力。

亚迪特战士发出排山倒海般的鼓噪的声音，每个战士的身体里都有战斗的渴望在熊熊燃烧。

战士们将竭尽全力一搏，哪怕不能战胜敌人，也会让他们付出最惨痛的代价。

巴姆巴洛姆掉头向外走，战士们集结成方阵，紧紧地跟随他的步伐。出了村口，巴姆巴洛姆一声令下，战士们手持刀剑相互击打，金属铿锵的声音响作一片。

圣城的卫戍部队被这突如其来的战斗呼号惊动，一阵慌乱，然而还是很快集结成战斗队形，长枪林立，严阵以待。

亚迪特人如锋利的斧子劈入敌人的阵地。巴姆巴洛姆一马当先，手中的四柄短剑翻飞，步法灵活，如同鬼魅，眨眼工夫，身边已经躺倒四五具摩尼卡人的尸体。

敌人被这凶悍的气势所震慑，不断后退。亚迪特战士

受到鼓舞，奋勇向前。

两股力量剧烈碰撞，胶着在一起。

鲜血四溅，杀声震天，战场上横七竖八，都是尸体。

时间一点一滴地过去，巴姆巴洛姆仍旧勇猛，然而渐渐感到有些力不从心，身边的战士越来越少，敌人却越来越多。

他振作精神，不断砍杀，看到哪个战士陷入危险，就冲过去解救。几次三番之后，摩尼卡人摸到了门道，干脆不再围攻他，却把几个受了重伤的亚迪特战士围起来，引诱巴姆巴洛姆去救，试图消耗他的体力。

再强劲的力量也有枯竭的时候。

巴姆巴洛姆心知肚明。

当刀剑再也没有力量，步伐再也跟不上意念，他停了下来。

战场上突然变得寂静，似乎所有人都感觉到巴姆巴洛姆停止了战斗，因此都暂停了。

然而事实并非如此，所有人的眼睛都望着天空。

巴姆巴洛姆抬头，只见一个庞然大物悬浮半空，正缓缓地向着战场飘移过来。它飞得很低，似乎还没有城墙高。

它就像一个巨大而沉重的金属堡垒，充满不可抗拒的力量，投下巨兽般的阴影，吞没战场上的一切。

短暂的寂静之后，一声兴奋的叫喊传入每个人的耳朵。

"巴姆！是星星，星星降临了！"

阿奴吉亚高举着星火，发疯一般地从村口跑出来，向着战场飞奔。

摩尼卡的战士几乎同时丢下了武器，向着四面八方逃跑，他们没有别的念头，只想离那个庞然大物远一些。

巴姆巴洛姆垂下四肢，看着阿奴吉亚向自己跑来。

灰霾般的阴影中，阿奴吉亚高举着星火，就像带来光明的神使。

星火上射出红色的光芒，不断照亮庞然大物的腹部。

巴姆巴洛姆丢下武器，四只手轮番捶打胸口的甲片，发出吼声。

他向着头顶那来自星星的巨物怒吼，表达自己的崇敬和仰慕。

阿奴吉亚只感到身在梦中。

当他被一股神秘的力量拉扯着，身不由己飞起来，他认为自己会死。

然而他非但没有死，还到了神的居所。

他落脚的地方是一个方方正正的屋子，三面都是金属，光滑坚硬，剩下的一面是透明的玻璃，可以清楚地看见外边的情形。

他透过玻璃向下张望。

地面上卫队仍旧在四散奔逃。

黄色的道路，红色的田野，黑色屋顶的村落，蜿蜒穿过村子的溪流……一切飞快地缩小。他看见了远方的圣城。红色的神圣大殿是圣城中最高的建筑，仿佛一座山一般宏伟，然而从神的居所看下去，它是那么的小，就像玩具一般。

神的居所还在不断升高。他看见了远方的山脉，覆盖着皑皑白雪，就像一条白色的巨龙横亘在地平线上[1]。

气势逼人的巨龙很快也成了一抹平凡的白色，红色的神圣大殿则变成了一个红色的小点。地平线渐渐变得弯曲，地面上的一切都失去了踪迹，只剩下红色、黄色模糊的一片。

1　在这颗星球上，有一种被称为哈鲁的生物，和地球上的蛇类似，但其捕猎的前肢没有退化。另一种被称为哈鲁比的虚构神兽，则类似远古地球上的东方龙，后来干脆被人类称为阿奴吉亚的龙，此处使用了人类的习惯表述。

　　大地漂浮在蓝色的大海上，好像一片巨大的红色叶片。

　　白色的雾气涌来，眼前一片迷茫。

　　阿奴吉亚意识到自己跟着神的居所进入了云朵中。

　　"这真是不可思议！"阿奴吉亚惊叹。

　　不等阿奴吉亚的惊叹平息，他眼前忽然一亮。

　　白色的云海，无边无际，层层叠叠，千变万化。云朵就像一个个凝固的浪头，时间在这一刻被冻结了。阳光洒在云海上，灿烂夺目。

　　阿奴吉亚惊呆了。这情形从未在他的想象中出现过，哪怕是做梦，也没有见过。

　　他长久地凝视着，能够感觉到云海的涌动。

　　当神的居所继续上升，世界再次展现出一种完全不同的面貌。

　　一个球！一个蓝白相间的球静静地悬浮在静谧的黑色之中。它的一半发亮，另一半则没入黑暗。这是一个活的球，它在缓缓转动。

　　阿奴吉亚忽然意识到，这是神在向他传达着什么。世界的真相，世界的一切就是悬浮在虚空中的球体，而所有的生命，包括人类，不过是这球体上渺小的尘埃。

　　片刻之前，他们还在地面上，和一群同样的人拼得你死我活，似乎战胜对方是一件多么了不起的事，此刻站在世界的高处，一切都渺小得不能再渺小。

在那些来自星星的神的眼中，世界的真相或许就是如此？

阿奴吉亚俯下身子，六肢着地。在这神的居所中，一切都显得很轻飘，然而他还是让自己完成了这个动作。

他以十二万分的虔诚开始祈祷。

神忽然在一无所有的空中出现。

神的模样很奇特，巨大的脑袋，顶部有一撮黑色的毛发，巨大的眼睛，眼睛嵌入脸部，黑白分明，能够转动，和摩尼卡人突出的固定眼球形成鲜明的对比。口部鲜红，就像涂上了染料一般。

神只有四肢，就像虫子一样只有四肢。上肢显得很细弱，下肢和摩尼卡人一般粗壮。他穿着一件样式奇怪的衣物，银光闪闪，像是用金属制成的。

这和任何传说中神的形象都不一样。不像是神，更像是鬼，或者是巨大的奇特的虫子。

阿奴吉亚强行压抑着害怕的念头。

在神的居所，神可以是任何一种形态。

最奇特的是，神竟然没有一丝气息。

一样东西怎么可能没有气息。

阿奴吉亚小心翼翼地伸手去触摸，他的手悄无声息地从神的身体里划过，手上映出五彩斑斓的色彩，然而却没有触到任何实在的东西。

神发出奇怪的声音，连续不断，像是卡西莫兽的叫声。

当声音停下来，神望着他，说了一串怎么也听不懂的话。

然后，墙壁上打开了一扇门。

阿奴吉亚试探着走过去，一边走，一边看着神。神点头，似乎赞同他的做法。

他终于大着胆子走出了房门。

这是一间更大的屋子，屋子里都是亚迪特人。

"阿奴吉亚！"他听见一声惊喜的叫喊。

是巴姆巴洛姆！

阿奴吉亚一阵欣喜。转过身，果然巴姆巴洛姆就在那里，在一群亚迪特人中间站着，高大的身躯甚是醒目。

巴姆巴洛姆走过来，伸手在他的胸口轻轻打了一拳。

"见到你真是太好了。"阿奴吉亚真诚地说。从荒凉的北方到圣城，巴姆巴洛姆和他的战士们保护着他。当庞贝里免除他的司星人身份并且要将他和这些亚迪特人一起杀

死时，他就已经把自己完全和他们绑在一起了。

"这里，真是星星的所在吗？"巴姆巴洛姆问。

"你自己看到了，神从星星中降临。"阿奴吉亚回答。

"但是，有吃的吗？"巴姆巴洛姆又问，"我们都饿了。"饿。

这提醒了阿奴吉亚，他意识到自己也已经很饿了。自从被带到这神的居所里，虽然不知道时间过去了多久，至少也有三五天了。饥饿甚至让人有些不清醒的感觉，只想拿些什么东西在嘴里咬。

他看了看四周，亚迪特战士们都显得疲惫不堪，有气无力。饥饿已经让他们丧失了元气。

"神认为该进餐的时候，就会有食物。"阿奴吉亚说。

"进餐？"巴姆巴洛姆的短须直立起来，不断抖动，"别用这么文绉绉的词，我们就想吃，什么都行。再这样下去，都要饿死了。"

"我会祈祷的，神不会让我们饿死。"阿奴吉亚说。

他相信神会听见祈祷，把食物赐给他们。

巴姆巴洛姆显然也完全相信他。在这神的居所里，亚迪特人完全失去了主见，他们惶恐不安，都眼巴巴地看着他。

阿奴吉亚在众人注视的目光中坐了下来，蜷起身子，俯身在地，用司星人的术语祈祷。

他全心全意地祈祷，屋子里除了喃喃的祈祷声，几乎听不见别的动静。然而时间良久，并没有神的动静。

忽然间，耳边响起一声惨叫。

阿奴吉亚被惨叫声惊动，抬起头查看。

一名亚迪特战士一刀砍下了同伴的胳膊，放进嘴里，撕扯着，鲜血淋漓，到处都是。

战士们骚动起来，纷纷掏出武器，向着那被砍伤的同伴围上去，准备从他身上挖下肉来吃。被砍的战士剩下的三只手中也握住了武器，打算做殊死抵抗。

"都不许动！"巴姆巴洛姆怒吼一声，所有的亚迪特战士顿时安静下来。然而他们仍旧手持武器，蠢蠢欲动。

巴姆巴洛姆也不能压制他们太久。

阿奴吉亚心念一动，伸手从怀里掏出一个瓶子，递给巴姆巴洛姆。

巴姆巴洛姆接过瓶子，揭开瓶盖。圣水散发出气氛素，刚涌起的饕餮欲望都降了下去，战士们纷纷收起武器。

正咬着同伴肉的亚迪特战士吐出肉块，将胳膊丢在地上。失去胳膊的战士将胳膊捡起来，狠狠地瞪了偷袭者一眼，将胳膊塞进嘴里，大嚼起来。

屋子里一片寂静，只有战士咀嚼自己胳膊的声音。

世界暂时平静了。

"阿奴吉亚，神把我们带到这里，难道是要用饥饿来惩罚我们？"巴姆巴洛姆问，他说着收起瓶子，放回怀中。

阿奴吉亚沉默着，他没有答案，然而有一个事实是确定的，那就是如果到了最后关头，这些亚迪特人并不会介意先吃掉他。

亚迪特人会吃人，没想到自己居然会在神的居所里见证这个传言。

如果饥饿一直继续下去，一旦巴姆巴洛姆也失去了控制……阿奴吉亚不敢想象那是怎样可怕的图景。

然而，神不会是这样冷酷无情的存在。他想起了飘忽不定的神的模样，还有那类似卡西莫兽叫声的声音。他能感觉到神的善意。

"这是考验。"阿奴吉亚说着重新俯下身去，继续祈祷。

他刚俯下身，天花板上便悄无声息地打开一个圆形的洞口，两条金属手臂伸进来，两条金属臂就像灵活的哈鲁，紧紧地缠住他，带着他腾空而起。

神听见了祈祷。

巴姆巴洛姆和他的战士们正望着自己。

金属臂带着他从圆形的洞口穿出。

"巴姆，我会回来的。"在洞口关闭的一刹那，他向着巴姆巴洛姆喊了一句。

阿奴吉亚再次见到了缥缈的神的样子。

这一次，神的模样有些变化，有更多的毛发，毛发的颜色也从黑色变成了白色。衣着也变成了一件灰色的袍子，看上去就像司星人的罩袍，只是没有那金黄色的饰带。

神说着一种他听不懂的语言，不断重复，突然间，他竟然听明白了。

神在用亚迪特人的语言说话，虽然并不好懂，然而仔细听上去，还是能懂的。阿奴吉亚一阵狂喜。

"阿奴吉亚，这是你的名字？"数不清这是神第几遍重复这句话，然而这一次，阿奴吉亚明明白白地听懂了。

"是的，伟大的星星之神！"阿奴吉亚俯身下去，整个身子都贴在地上。

"阿奴吉亚，你起来。"神柔和地说，"我叫沙达克，你可以叫我的名字。我有话要问你。"

阿奴吉亚怀着忐忑不安的心情直起身子。

"这片土地上，谁是最高统治者？"自称沙达克的神问道。

"我们有领主、大巫、司星人、司日人，大巫是神的代言人，空桑大人是大巫的代言人。"

"你们有多少人？"

"我不知道，但是摩尼卡的土地从南到北，超过两千弥盾，从东到西，也超过两千弥盾。我只知道自己的村子里有四百多人，摩尼卡的土地上，村子成千上万。圣城里有很多人，我不知道到底有多少。但是从古到今，圣城就是最伟大的城堡，富丽堂皇，最接近神。"

"这就是圣城吗？"神沙达克话音刚落，一幅图像在阿奴吉亚眼前浮现出来，青色的山和绿色的平原，一座城堡坐落在山和平原之间。那是一座巨大的方形城堡，城堡后部中央靠山的位置，是鲜红的屋顶。

那是圣殿的红顶。

这图像看上去显得很古怪，像是从极高的空中看下去的，城墙成了浅色的方框，而圣殿则是小小的红点。

然而阿奴吉亚还是将它辨认出来。

"是的，这就是圣城。"

"你们还有很多城。"神沙达克接着说，一幅又一幅图像从阿奴吉亚眼前掠过，"这些城你都知道吗？"

阿奴吉亚诚惶诚恐。神在这高高的星星之上，却能够洞察大地上的一切。

"我的领主属于圣城，其他的城我不知道。但是听说过几个。"

"他们都听空桑大人的话吗？"

"不完全是，隔得太远的领主有时也不听从空桑大人的召唤。再远的地方，我就不知道了，据说他们会有自己的大巫。"

神沙达克点点头，似乎陷入沉思中。

忽然他抬头问道，"你能代表我们去找所有的领主吗？告诉他们，我们从你们的世界路过，需要你们的太阳。世界会先变得很热，然后陷入寒冷，这个星球再也不适合居住。但是，我们可以提供给你们一个机会，让你们离开这个星球，和我们一起离开。你们有六十六年的时间，可以把需要的一切都搬到飞船上。"

阿奴吉亚一阵恐慌。

神居然要带走太阳。他不知道这意味着什么，然而神已经明说，这是灭顶之灾。失去太阳，一切都会被毁灭。

他直瞪瞪地望着神，不知道该说什么。

"吓着你了吗？"神沙达克问。

阿奴吉亚俯下身子，"来自永恒的星的神，祈求您赐福，让摩尼卡免除灾祸。"他长跪不起，整个身子都贴在了地上。

"阿奴吉亚，你先起来，你不用这样，我们不是神，我们只是另一种生物，来自不同星球的生物。"

阿奴吉亚仍旧俯身，不肯起来。

忽然间，他嗅到一股奇特的气息。这是一种他从未嗅过的气息，异常刺鼻。

他微微抬头。

一扇门打开，一个神正走出来。这是一个拥有真实躯体的神，他也有气息，真的是一个生物！他和阿奴吉亚初次见到的那个神一样，然而却真切地活了过来。

来的神一边走一边说着什么。阿奴吉亚听不懂，然而他记住了每一个音节。在后来的日子里，当他学会了神的语言，他明白了当时神说的那句话。

"沙达克，他们的文明程度太低，恐怕要另找办法。至少要把他们的头领找来。"

神按照许诺送来了食物。

食物是一种黏黏的白色方块，有些像是聚集在一块的虫卵，让人连多看一眼也不愿意，还有一种特别的臭味，就像是发霉的种子散发的味道。

这不像是给人吃的食物。

然而至少它的确是食物。

亚迪特人已经饿到了极点，一群人几乎是争抢着吃完了送来的一大盆白色方块。

屋子里弥漫着食物臭烘烘的味道。

巴姆巴洛姆勉强吃掉了两个方块，饥饿的感觉消退一些便不再多吃，只是看着战士们争抢。

这里毫无疑问是神的居所，他们被神带到了天空中，远远地离开大地。然而，这里却没有一点天堂的样子，连吃的东西都如此不堪。

或许这是一个错误。

根本不该把星火交给阿奴吉亚，跟随他来到这里。

亚迪特人应该过自己的日子，战斗，战斗，再战斗。战场才是亚迪特人的天堂。

他微微呼出一口气，将沮丧的心情透过呼吸排遣出去。

不管在什么地方，他仍旧是这群战士的头儿。头儿自然要有头儿的样子。接下来该怎么办，这才是头儿该考虑的问题。

他的目光扫过战士们，在屋子的尽头停下。

阿奴吉亚坐在地上，双腿盘着，四手收拢在胸前，闭着眼睛，就像休眠一样。自从他见过神之后，就变得沉默寡言，也不再祈祷，而只是一个人静坐。

他甚至对食物都没有任何兴趣，连续两次，都没有吃一块那种白色方块。

他明显消瘦下来，像是要绝食而死。

巴姆巴洛姆抓起一块白色方块，向着阿奴吉亚走去。

到了阿奴吉亚身旁，他伸手摇了摇他的肩膀，"吃点东西，你会把自己饿坏的。"

阿奴吉亚睁开眼睛。

巴姆巴洛姆把白色方块递了过去。

阿奴吉亚却并没有接。

"巴姆，如果太阳的光明没有了，你会怎么办？"

巴姆巴洛姆一愣，"太阳的光怎么会没有！"

"神说，他们要夺走太阳的光。他们需要太阳来补充能量。"

"补充能量？"巴姆巴洛姆听不懂，那像是神秘的咒语一样难解。

阿奴吉亚的视线落在眼前的白色方块上，他伸手捏住方块，拿了起来，"就像食物，他们说这是一艘大船，大船需要食物。"

"大船？这不是星星吗？"

"星星是火，是能量，是大船的食物。"阿奴吉亚显得很忧伤，"他们把自己的居所称作飞船，在天空中飞行的船。而且这样的船有很多很多，很快就会来，他们会把太阳吃光，什么都不剩下。"

巴姆巴洛姆愣住了。天上的星星住满了神灵，这是他从小就知道的事，这些神灵到来，却要吃掉太阳，神灵怎么会做这样邪恶的事。

"这不是邪恶的神吗？"巴姆巴洛姆脱口而出。

阿奴吉亚摇摇头，"他们说，天空中每一颗星星都比太阳更明亮，只是太遥远，为了抵达那些星星，大船必须吃掉我们的太阳。"

"那亚迪特完蛋了，摩尼卡也完蛋了，整个世界都完蛋了，连白天都没有了。"

"就是这样。"

"那我们和他们拼了！"巴姆巴洛姆气呼呼地竖起短须，"横竖是个死，亚迪特人可不会服软。"

"他们说会把所有的人都带上飞船。"

"啊！"巴姆巴洛姆惊奇地叫了一声，"所有的人？他们知道有多少该死的混球吗？再说，这地方实在太憋屈了，连吃的都这么恶心。所有的人都住进来，非打起来不可。"

"我不知道，他们是这么说的。"

"你一直说'他们'，他们究竟是不是神？"

"如果不是，也和神差不多。"

"那有什么可怕的？如果他们不是神，我们就能杀死他们。"巴姆巴洛姆挥了挥胳膊，似乎眼前就是敌人，而他正挥舞着短剑刺向他们。

阿奴吉亚抬眼望着他，巴姆巴洛姆能感觉到深沉的忧伤正从这个人身上散发出来，不由得有些迟疑，"不行吗？"

"他们比我们强大太多，太多。如果不是出于怜悯，他们根本不需要关心我们的生死。也许对他们来说，我们就像一群虫子，不知道天高地厚。我们的确也不知道，你也看见了，他们的飞船能飞得这么高，地上的一切渺小得不能再渺小。还有那些遥远的世界，他们所描述的每一个世界都比我们的更繁荣，更强大。那些金属的强有力的世界。我们知道星星是神圣的所在，然而从来不知道，还有那么多的世界，那么多不同的人。"阿奴吉亚不紧不慢地说着，语调中透着忧伤。

巴姆巴洛姆竖起了短须，阿奴吉亚的话让人丧气，然而他可不想屈服。

"那有什么关系。如果他们真的想战斗，那就战斗吧！"巴姆巴洛姆拔出了两柄短剑。短剑交错相碰，发出铿锵的响声。

几乎就在同时，天花板上的圆孔打开，两只柔软的金属臂向着巴姆巴洛姆缠过来。

巴姆巴洛姆大吃一惊，仓促中，挥剑去砍。

短剑砍在金属臂上，根本砍不下去，看似柔软的金属臂却有无可抗拒的力量，伸展过来，将巴姆巴洛姆缠住，带着他腾空而起。

亚迪特战士们惊恐地看着他们的首领被拉入圆洞中，乱作一团。

纷乱的人群中，只有阿奴吉亚保持着镇静。他站起身，在人群中穿行。

他用自己的肢体碰触每一个人，凡是他所碰触到的战士都立即安静下来。

当他走到厅堂的尽头，偌大的厅堂变得异常安静。

阿奴吉亚的话在大厅里飘荡，"巴姆巴洛姆是神选中的人，他会回来带领你们。"

愤怒和屈辱像是火山喷发般从巴姆巴洛姆的心头爆发出来。

然而他无从发泄，因为周围空无一人。金属臂将他放下后就消失了，那些神的存在也并没有展示出痕迹。他站在一无所有的银色厅堂里，仿佛置身无人的旷野，连一丝

 星落

风的声音都听不到。

　　巴姆巴洛姆紧紧攥着四个拳头，很想找个东西痛揍一顿，然而周围一片银色，连墙在哪里都让人无法分辨，满身的力气也只能憋着。

　　“你们出来！”巴姆巴洛姆大叫。

　　声音的回响大得把他自己吓了一跳。

　　“巴姆巴洛姆，”一个声音不知从何方传来，仿佛有人在耳边悄声细语，“这是你的名字吗？”

　　“是，你是谁？”

　　“我叫沙达克，很高兴认识你。”声音继续说。

　　“你们究竟是谁？出来和我说话。”

　　巴姆巴洛姆话音刚落，一道光影蓦然间出现在眼前，吓得他退后了两步。

　　这就是阿奴吉亚所说的神了，看上去实在太丑了！他们就像虫子！

　　巴姆巴洛姆猛然起身，狠狠地挥动左拳，向着那身影的头部和胸部同时击打。不管神究竟是什么，他们竟然捆绑他，那么反击就有完全正当的由头。

　　两只拳头落在空处。

　　巴姆巴洛姆失去重心，一个趔趄，向着神跌过去，仿佛奇迹一般，他整个地从神的躯体中穿了过去。

他站稳脚步，难以置信地望着自己的手，回头一看，那自称沙达克的神仍旧在那里，正调转头来，看着自己。

"巴姆巴洛姆，你太粗野了，这样就像一个野蛮人。"沙达克说。

"你们才是野蛮人。"巴姆巴洛姆转过身回答，"你们把我们带到你们的——飞船上，几乎把我们饿死，然后又要戏弄我。巴姆巴洛姆是有尊严的人，你最好抽出剑来，我们决斗！"

巴姆巴洛姆嘴上说着，却并没有拔剑。方才的经历让他意识到，神以一种他从未知晓的方式存在，他们根本就不可能被杀死。阿奴吉亚是对的，他们太强大，强大到自己的剑和拳头对他们而言都只是些可笑的玩意儿。

沙达克并不理会巴姆巴洛姆的挑衅，"你是这群人的首领，对吗？"

"阿奴吉亚告诉你的？"

"根据观察，我们一样可以得出结论。"

观察！巴姆巴洛姆再次感到怒意从心底升腾起来。这是一个只对动物使用的词汇，沙达克却用它来说人。

他们就像观察卡西莫兽一样观察自己。

然而巴姆巴洛姆强忍了怒气，哼了一声，保持着沉默。

"你们的文明很特别，你是这群人的首领，你用气味来控制你的手下，是这样吗？"

"你们可以观察。"巴姆巴洛姆不卑不亢地回了一句。

"嗯，巴姆巴洛姆，有些事你也许并不是很理解，但是我还是要代表我这方说个清楚。我们来自外太空，拥有一支庞大的舰队，规模巨大。从你们的世界出发，外边是几乎无限的黑暗空间，你们的太阳就是这无限黑暗中唯一的恒星，也是我们唯一的希望。我们的舰队通过吸收恒星物质来补充能量，经过测算，完成这一次补充后，你们的太阳将会变冷，星球将会被冰封。你们是高度文明的生物，我们希望能提供帮助，在太阳变冷之前，让你们从星球上迁移到飞船上。你是一位首领，我们希望能和你合作，尽快完成行动。"

巴姆巴洛姆听得不太明白，然而他知道这个沙达克所说的和阿奴吉亚告诉他的一切差不多。太阳会被他们的飞船吃掉，而大地上的生命会迎来末日。

然而，这飞船上的生活简直比地狱好不到哪儿去。

这些来自星星的神，是一伙强盗，抢走太阳，抢走一切，然后还要居高临下地给予赏赐，仿佛莫大的怜悯。

巴姆巴洛姆发出冷冷的哼声，嘴角边两条短须微微摆动，表明自己不屑一顾的态度。

"也许你们是一个好斗的种族，对我们的和平诚意并不了解。如果时间足够，我们可以慢慢学会彼此相处，但是时间紧迫，你是否可以考虑下这个星球上你的百万同胞，你的决定可以让他们受益。"

"那些肮脏的蠢货就让他们死吧！巴姆巴洛姆从来不怕死，我的战士也不怕死。"巴姆巴洛姆响亮地回答。

沙达克迟疑了一下，"巴姆巴洛姆，我们试图接触这个星球上的首领，但是到目前为止，没有人愿意和我们接触。我们感受到了深深的敌意，这让我们很为难。"

"你们要抢走我们的一切，难道还要我们为此而感谢你们？感谢永恒的星，那些肮脏的蠢货虽然很蠢，但在这个问题上倒是没有犯糊涂。虽然你们很强大，但是很卑鄙。我很后悔让阿奴吉亚召唤你们，我以为能进入天堂，但是显然你们只会制造地狱。"

"你对我们似乎有些误会……"沙达克试图辩解。

"没什么可说的，"巴姆巴洛姆打断了他，"我不会向你们屈服，亚迪特人可不是动物，凭着暴力的威胁就会乖乖听话。"

"也许我们可以另找一个时间再谈。"

"不用再谈了，你们可以杀死我，也可以杀死我的战士们。我承认我们不是你们的对手。虽然你可以夺取我的生命，但不能让我屈服，哪怕你们囚禁我们一百万年。"
巴姆巴洛姆昂首挺立。

　　沙达克沉默了许久。

　　最后，他终于开口说话，"我们无意囚禁任何人。如
果这是你的愿望，我们可以安排将你们送回地面。"

　　巴姆巴洛姆愣了愣。这倒是他从未想过的事，重新回
到地面上去，这简直太好了。战士们整天被关着，吃臭烘
烘的食物，如果能回到地面，哪怕只是呼吸一口那自由的
空气，也是再美妙不过的事。

　　"你说的是真的？"

　　"当然。"

　　"那太好了，但是你们要送我们到北方——我的领
地上。"

　　"你可以指定这个星球上任何一个地方。"

　　这是一个慷慨的允诺。神并没有因为自己对抗他们而
大发雷霆，他们拥有强大的力量，能够轻易地杀死自己。
巴姆巴洛姆已经做好了死的准备，神的反应却完全出乎意
料。或许阿奴吉亚是对的，这些神真的很和善。

　　然而说出的话收不回来，巴姆巴洛姆不打算和解。

　　"好，你说话要算数！不然，哪怕你们的飞船再强大，
我的剑也会替我说话。"

沙达克发出卡西莫兽一般的声音，身体微微颤抖。

巴姆巴洛姆恶狠狠地盯着这个虚无缥缈的神。

沙达克终于停止了那神经质一般的抖动，"我们会遵守承诺，你会回到你的领地上。凭着永恒的星起誓，我们会遵守承诺。"

飞船成了不可辨认的小点，消失在星球上。飞船上载着巴姆巴洛姆和他的三百勇士。

阿奴吉亚目送着伙伴离开。

现在，他成了神的飞船上唯一的人。

尽管巴姆巴洛姆竭力邀请他一道回去，他还是决定留下。他热烈地渴望着拥抱那红色的大地，然而理智却清醒地告诉他，他再也回不去了。没有人可以和空桑大人为敌，而这些来自星星的神，却并没有得到空桑大人的承认。

沙达克告诉他，所有接触的努力都失败了。地面上的人们集结在一个个堡垒里，躲藏在屋子里边，钻入地下，像躲避瘟疫一样躲避来自天空中的任何东西。北边的亚迪特人则是另一种反应，他们排列成战斗队形，挥舞着各式武器叫嚷聒噪，显然也并不欢迎来自天空的不速之客。

他是一个罪人，罪无可赦，因为他向这些来自星星的生灵祈祷，而这些生灵并不是神。从永恒的星降落人间，不是神就是魔鬼，空桑大人显然认为他们是后者。

从某种意义上来说，空桑大人是对的。这些自称银河人的家伙要吞没太阳。

阿奴吉亚闭上眼睛，俯下身子，他不知道该如何祈祷，只知道自己的内心惶惑，需要获得平静。他将整个身子都伏在地上。

"阿奴吉亚，我们会把你送到红虹母舰上，我们的最高指挥官佳上想见一见你。这大概需要十六天的时间。"沙达克的声音传来。

阿奴吉亚抬起头，"沙达克，我愿意去你送我去的任何地方。但是有一个最后的要求，能否帮我实现？"他一边说着，一边有些惶恐不安，四下张望，希望能够看见沙达克出现。

沙达克真的出现了，靠墙角站立着。

"这让我有些意外，这是你第一次提出要求。是什么要求？"沙达克问。

"我想最后看一眼我的村子，向它告别。"阿奴吉亚说完紧张地盯着沙达克的嘴，生怕听见否定的两个字。

"就是这个要求吗？我向船长请示一下。"沙达克说完便消失得无影无踪。

阿奴吉亚刚站直身子，沙达克又出现了，"船长同意了你的要求，你可以穿上防护服前往情报室。"

阿奴吉亚不紧不慢地穿着防护服。这件衣服的质地很奇特，像金属般闪闪发光，然而却分外柔软，贴合身体。防护服是紧闭的，在头部有一个可供呼吸的口子。口子外边包裹着一层厚实的纱。阿奴吉亚明白银河人要他穿上防护服的用意，银河人身上散发着难闻的气息，让人难以忍受，他相信自己的体味对于银河人也同样难闻。一层防护服可以有效地把体味隔绝开。

他动身前往情报室。

船长正在情报室里等他。见到阿奴吉亚，船长开始说话，沙达克充当翻译。

"阿奴吉亚，你是留在我飞船上的唯一一个摩尼卡人，我们尊重你的选择，但是如果你任何时刻想要离开，我们都可以把你送回你的星球上。"

"感谢您的好意，船长。我回不去了，无家可归，您的飞船能够收留我，那就再好不过。"

"但是，只有你一个人，你会孤独。你是否有任何同伴？我们可以想办法带上他。"

"没有。"阿奴吉亚很干脆地回答。对于一个摩尼卡人而言，领主就是一切，当他成为司星人，空桑大人就是他

的领主。失去领主的摩尼卡人应该自行消亡。

船长似乎犹豫了一下，然而还是问了，"难道你没有亲人吗？你的孩子、伴侣、父母？"

"没有。"阿奴吉亚的回答仍旧很干脆。

船长抛出了最后的问题，"如果你觉得受到冒犯，可以拒绝回答。你们到底是如何繁殖的？我们没有见到任何特征能够区分雄性和雌性，也没有见到你们有明显的外生殖器。或者简单一点，你们究竟是怎么生孩子的？"

阿奴吉亚愣住了。沙达克口中说出的话他大部分都听不懂，然而最后的问题他听懂了。如何生孩子？

每个人都可以生下自己的蛋，领主也可以驱使布雷塔生蛋，甚至严酷一点，让布雷塔死掉，孕育五六个蛋。

"我们会生蛋。"

"谁生蛋？每个人都生蛋？"

"每个人都可以，"阿奴吉亚回答，"只要得到领主的许可。"

船长和沙达克对看了一眼。

"你们没有两种性别吗？一种生蛋，一种不生蛋？"

"每个人都可以生蛋。"

"你也可以？"

"当然，只是我没有那样的冲动。"

"什么冲动？"

"生蛋的冲动。那由领主控制，领主能够辨认出谁适合生蛋。"

"领主自己也生蛋？"

"当然，领主的血统尊贵，需要后代继承。"

船长点点头，"多谢你坦诚地告诉我，你们的文明形态很特别。我们的最高指挥官之一正赶过来，他也很想见见你。他是个见识很渊博的人，也很好奇，对你们的文明兴趣浓厚。所以计划要稍做一点调整，你不必前往红虻母舰，在这里等待就行。"

阿奴吉亚俯下身子，表示恭顺的赞同。船长点头示意，说了一句"你请便"，然后便离开了。

"阿奴吉亚，你可以操纵画面，你们的村子应该就在圣城附近，是吗？"

随着沙达克的提示，阿奴吉亚仿佛置身于地面，圣城的大门就在不远处。他可以清晰地看见城墙上的卫兵，戴着高高的头冠，挎着刀剑，正走动巡逻。

沙达克把地面上的情景搬到了飞船里。

一切就像是真的，让人感到不可思议。银河人不是神，然而他们和神一样让人心生畏惧。

"我的村子距离圣城很远，如果要走过去，要走

两天。"

"你可以飞。"

阿奴吉亚感到自己的身体变得轻盈，稍稍挥动手臂，就能飞快向前。这感觉真的像一只鸟儿在空中飞。

从空中看过去，熟悉的红色田野变得有几分陌生，然而他依旧能够辨认出圣道。圣道蜿蜒向前，指向天际。阿奴吉亚起身，沿着圣道飞翔起来。

山川大地显得如此壮丽！飞在空中，他真真切切地感觉到这一点，比从前任何时刻都更充实。

这是摩尼卡人的家园。哪怕这是最后一眼，也如此温暖他的眼睛。

阿奴吉亚向着村子疾驰而去。

当阿奴吉亚远远望见村子，只看见黑乎乎一片，心头一沉，兴冲冲的劲头荡然无存。

在村口落地，他几乎不敢相信自己的眼睛。

所有的屋子都被摧毁了，到处都是火烧后的焦黑模样。水井边，小路上，尸体遍地，他们都是在逃跑中被追上杀死的，身上有或深或浅的伤口。杀死之后，又被火烧。甚至一些活活被烧死，尸体保持着挣扎的姿态，手指深深地抓进泥里。

125

阿奴吉亚沿着村子的小路缓缓地走着，这是他从小到大走过无数次的路。路边的每一座房子，他闭着眼睛都能指出来。摩尼西亚，摩尼非亚，拉普拉……一个个熟悉的名字，一排排被烧掉的屋子。那些屋子里边一片漆黑，并看不见任何东西。他尝试了几次，只要一进入门内，世界就变成一片奇怪的蓝色，而只要退出一步，便恢复正常。显然，这是银河人无法查明的情况。然而他可以想象，那些被推倒、被烧掉的屋子里，还有多少尸体。

整个村子都被杀得干干净净。

阿奴吉亚麻木地走着，一直到了村子尽头。这里是一个小小的广场，广场一端是领主的双层大木屋。领主会在下层召集全村的人欢宴，那里排列着整齐的六排桌椅，坐下两百个人也绰绰有余。

大木屋被烧得只剩几个焦黑的木桩。一具尸体被挂在最高的一根木桩上。

阿奴吉亚走过去，尸体就像一挂白布，上面爬满了白色的虫。面目狰狞，然而阿奴吉亚仍旧能够认出来，这是领主的尸体。

他没有被杀死，也并非被烧死，而是在一切的杀戮和毁灭都完毕之后，被人活生生地钉在木桩上，血流干净而死。

凶手特意在他的身体上撒上了虫子，这种叫作"厉蛊"的虫子有锋利的牙齿，带着毒液，咬起人来格外疼痛。也许在领主还活着的时候，那些虫子就开始咀嚼他的血肉，大肆繁殖。在最后断气之前，他要看着自己一点点被吃掉。

那些残酷的人先折磨他的精神，然后折磨他的肉体。

这是冲着我的惩罚！阿奴吉亚深刻地明白其中的意味。他是一个叛逃的摩尼卡人，他的出生地连带受到了惩罚。

怎么会这样！空桑大人赐福给他，他早已脱离了这群人，成了空桑大人的奴仆，即便叛逃，那也是空桑大人的事。

阿奴吉亚匍匐在地。他的整个身子都蜷缩起来，瑟瑟发抖。他并不害怕，只是感到痛彻全身的哀伤。那些朝夕相处的亲人啊，一个都不在了。

整个村子的人甚至连一个蛋都没有留下。赶尽杀绝，毫无尊严地死去，这最凶暴的命运居然降落在亲人们的身上。

心头一阵阵抽搐，他的整个灵魂似乎都融化在悲伤之中。

耳边传来沙达克的声音，"对不起，没想到会这样。"

阿奴吉亚努力控制自己的情绪，最后抬起头来。

周围的幻象都不见了，他仍旧在船舱里，周围都是银色的墙。

他的眼睛因为哀伤而变得血红。

"我要回去。"他坚定地说。

"然而你只会白送性命。"沙达克试图宽慰他，"已经发生的事就让它过去吧，你跟我们一起，会有全新的生活。"

"不，我的根在那儿，我要回去。如果他们都不在了，只有我才能让他们的灵魂不坠入地狱，归于永恒的星。"

"你要回去做什么？"

"用最好的金木搭好祭台，点燃圣火，让他们的身体在圣火中消融，我会为他们祈祷，让他们的灵魂升入天堂，抵达永恒的星。只有我才能帮他们。"

沙达克沉默了片刻，"阿奴吉亚，我理解这是你的信仰，只是星星并不像你想的一样，而且地面上的情况很糟糕，恐怕你根本没有机会火化你的亲人。我并不建议你就此回去。"

阿奴吉亚抬头望着沙达克，红色的眼球仿佛火山的熔岩，"即便是冒险，我也要为他们求得死后的安宁。你们曾经同意，如果我愿意，就会送我回去，我请求你们兑现诺言。"

沙达克再次陷入沉默。

门开了，船长走了进来。

"我听沙达克说了一个令人哀痛的情况，"船长走过来，在阿奴吉亚身边站定，"如果你坚持要走，我们当然不能强行留下你。但是如果你真的需要一些帮助，我建议你再留十六个时刻。睡一觉醒来，布丁指挥官就到了。如果他愿意帮助你，那么你或许可以得到舰队的保护。我的权限不能允许我对星球文明进行暴力干涉，但是布丁指挥官可以。你明白吗？"

船长正试图提供一些帮助。阿奴吉亚有些惊诧，如果这些来自星星的神一般的银河人真的要扫荡大地，没有人能够阻止他们。不需要任何武器，飞船的火焰就可以将大地化作一片焦土。

这其中有无限的可能性！阿奴吉亚感到深深的惶恐。仿佛就在一瞬间，他站立在绝高的悬崖边，随时可能掉落下去。

他定了定神。

"好的，我等他来。"阿奴吉亚决定拜会这个握有绝对权威的布丁指挥官。

沙达克说，真正永恒的生灵并不需要拥有躯体。

当阿奴吉亚见到布丁时，他才明白真正永恒的生灵究竟可以是什么样的。就像一团火，或者说是一团光，不知不觉，就进入了头脑。

这是一种很奇特的体验，阿奴吉亚从未经历过，那像是一种幻觉。在那么一瞬间，他疑心这个布丁是一个鬼魂，能够和人的灵魂纠缠。

刹那间，他仿佛化作了飞船，在亿万星辰间急速地穿梭。星星被拉成了长条，形成一片向后的光瀑。

布丁在他的头脑中说话，"阿奴吉亚，很高兴见到你，你们的独特让人惊叹。我会向你介绍我们的舰队，然后我们再来谈谈你和你的星球。"

阿奴吉亚没有回应，他不知道如何回应。沙达克告诉他，布丁是一个人，然而并非拥有身躯的人类。这更接近摩尼卡人对神的想象，当布丁以这种神奇的方式和他接触时，他陷落在极度的错愕和崇敬中无法自拔。

光瀑消失，世界恢复成点点繁星。

在他的眼前，各式各样的飞船排列成行，声势浩大，至少有上百艘飞船。其中大多数和沙达克的飞船相似，像微微发亮的贝壳。在众多贝壳船的拱卫中，两艘飞船引人注目，它们的体型相比之下更为庞大，显得与众不同。

"你看见的两艘大船是青云号和红虹飞船。青云号是我们的旗舰，你可以把它理解成众船之王。红虻飞船是佳上的船，它是一个完全独立的部分，佳上和我一样，都是没有形体的人类，当然，你也可以认为，红虻飞船就是他的形体，而我这次来见你，使用了幽光飞船的形体。"

阿奴吉亚盯着那两艘巨大的飞船，他被一股力量向着飞船的方向拖拽。视野中原本细小的飞船变成了庞然巨物，最后，他降落在青云号上。这是一片钢铁的原野。两条巨大的青色炮管贯穿船体，直指前方，透着刚健的力量。船体光滑，隐约发光，仿佛钢铁的肌肤上敷着一层亮眼的膜。

红虻飞船则像一座巨大的浮岛，表面斑驳陆离，巨大的白亮钢铁物件陷落在红色的体表中，就像是被一个工匠随意丢弃在那儿，因为岁月悠久而被尘土掩埋。两艘飞船形成鲜明的对照，一个规整，一个嶙峋，一个充满钢铁的强健，另一个却松垮得像随时可能散架的土坯。

这是银河人的飞船中最强大的两艘，却如此不同，差异大得让人无法置信。

银河人的世界本来就无法用摩尼卡人的规则去揣测。

布丁引导着阿奴吉亚在青云号上漫步，一边说话。

"我们来自遥远的星系，我们将它称为银河，它距离此处有六百万光年，我们并不指望回到那儿去。我们选择向距离最近的星系进军，最初的距离是三十六万光年，对于陷落在黑暗空间中的舰队来说，那也是一个遥不可及的距离，但是终究比几百万光年要多些希望。值得庆幸的是，在银河之间有许多孤立的恒星，这些恒星被抛弃于银河之外，我们称之为星落。我们能够从星落中获得能量补充，维持舰队不断向前。你们的太阳就是一个星落。在黑暗空间里巡航了两万年之后，我们终于能够来到这儿。从这儿出发，距离最近的银河还有十八万七千光年，我们大概还需要三万年的时间才能抵达，如果没有星落的存在，得不到补充，舰队就无法支撑下去。

"所以沙达克已经告诉过你，我们会充分利用这颗恒星。你们的星球气候将彻底改变，一旦我们的舰队离开，你们的太阳将会比从前热一倍，没有太多生物能够继续在星球上生存下来，当然那并非星球长期的命运，大约两百年的时间，狂暴的太阳将逐渐平息，然后阳光会开始减弱，两千年后，会有一个相对平静的时期，和现在的情况相似，但是那个时候，恐怕早已经没有文明存在，最多还有些人像野兽一样活在地下世界里。生物圈或许还有复苏的可能，然而最多也只能维持五六百年的时间。在那之后，一切都会被冰封，成为冰雪世界，再也没有生命发展的可能。"

阿奴吉亚仔细地听着。他从沙达克那里听过类似的话，然而并不十分明白。布丁将整件事的来龙去脉都说得一清二楚，银河人必须借助太阳的力量才能继续远航，摩尼卡则会毁于一旦。对于这样的命运，摩尼卡毫无抵抗能力。

这些近似于神的银河人，之所以去寻找空桑大人和领主们，肯定不是为了宣告摩尼卡坠入地狱的命运无可避免。如果他们真的心怀恶意或者麻木不仁，只需要不管不顾，摩尼卡自然就会死亡。然而他们没有那么做。

牵引着他的力量消失了，阿奴吉亚自然地停下站在原处。脚下的船体开始发生变化，光亮从船的内部透出来。

阿奴吉亚发现自己正站在一片巨大的玻璃上，透过玻璃，可以看见青云号内部的情形。

飞船内是一片绿色的大地，大地上有形状奇特的建筑。银河人三三两两，散布在各处，他们不紧不慢地走着，彼此交谈，甚至还有人在追逐打闹。

银河人的大地是绿色的，十分怪异。

这应该就是银河人的生活吧。

"你们的文明很独特，我们并不希望因为我们的到来而毁灭你们的星球，然而别无选择。"布丁继续说。

"所以作为折中的方法，我们希望能为你们提供一艘飞船，将你们的文明转移到飞船上。你所看见的情况正是银河人类在飞船中的生活，我们可以为你们制造一个类似的大地和植被。你们可以选择跟随我们一道前往银河，也可以选择留在这里。飞船技术至少可以保证你们能够继续在这个星落中生存下去，直到太阳燃尽的那一天，对一个文明而言这足够了。"

也许这是银河人所能表达的最大的善意。

或许这也是摩尼卡人避免毁灭的唯一办法。

阿奴吉亚一阵战栗，他忽然意识到布丁想要什么——布丁将他当作了摩尼卡的代言人，代表整个种族。

他感到恐慌。这根本不是自己所能胜任的事。

"当然，我们会给你提供支持。我们可消灭任何反对者，然而那样也意味着你们的文明会消失得干干净净，最大限度地保存你们的文明而不仅仅只是救几个人，这才是我们的目的。所以，我们需要一个人，他能够有效地将摩尼卡人团结起来，让摩尼卡人接受我们的存在，接受飞向星星的未来，把文明的种子带出来，带向太空——你愿意做那个人吗？"布丁说完沉默下来，等待着阿奴吉亚的回答。

这提议令人无法拒绝。

"我们只找到你一个人，而且根据情报分析，如果不使用强力，要找到一个愿意并且能够和我们对话的人，可能性非常低。"布丁又补充一句。

阿奴吉亚全身紧张，他的生命中从未经历过如此重要的时刻，不仅决定自己的命运，也不仅仅是一个村子，一座城，而是大地上的所有人。如果他是一个领主，他将毫不犹豫地答应，然而他并不是。

突然间，一个念头冒了出来：巴姆巴洛姆是一个货真价实的领主，他们的血曾经彼此融合。

"我同意。"阿奴吉亚飞快地拿定了主意，"如果你们能帮我找回巴姆巴洛姆，我可以说服他。"

布丁发出卡西莫兽一般的声音，那是银河人的笑声，"不，阿奴吉亚，我们觉得你是一个更合适的人选。我们为你准备了一套方案。"

一切的图景消散掉，眼前浮现出透明的舷窗。

舷窗外，一艘乌黑的小型飞船隔着玻璃悄然悬浮，船尾闪烁着隐约的蓝光。

这是幽光飞船，布丁的躯体。

阿奴吉亚望着那幽蓝的光，仿佛正和一双眼睛对视。

巴姆巴洛姆熟悉这样的战阵。斯鲁姆帝把军队排列成三个方阵，所有的战士都穿着鲜艳的红甲，看上去就像三

135

块整齐的庄稼地。中间的方阵中央，斯鲁姆帝的大旗随风飘扬，旗帜上绣着金色的鲁比，似乎正活灵活现地扭动身躯，张着大口，露出白森森的牙。

刀剑林立，人山人海。

然而巴姆巴洛姆根本没有放在心上，他只是抬眼望着高远的蓝天。

天空中，那来自遥远世界的星星清晰可辨。

阿奴吉亚仍旧在那飞船上，他是个聪明人，能够容忍那些奇怪的银河人，银河人也能容忍他。

阿奴吉亚属于星星，巴姆巴洛姆属于大地。

回到大地，回到战场。银河人不折不扣地践行了诺言，将他送到了亚迪特的聚落，凭着以往的名声和勇气，十二个小部落马上臣服于他。这当然也是斯鲁姆帝无法容忍的事。

斯鲁姆帝带着最精锐的兵团赶来，不到三天就出现在营帐外。

这是巴姆巴洛姆所知道的斯鲁姆帝最快的一次行军。

出乎意料，然而巴姆巴洛姆并不害怕。

他和斯鲁姆帝之间终究会有一场决战，那是宿命。星星的降落也许是一次打破宿命的机会，然而终究没有。亚迪特人之间的仇怨，还是要用亚迪特人的方式来解决。

巴姆巴洛姆收回视线，看着大旗下的那个身影。

斯鲁姆帝身形高大，就像他的祖祖辈辈一样，站在人群中自然高出一头。

他红色的头盔上竖着五彩缤纷的长羽。

那是一颗好头颅！巴姆巴洛姆暗想，他甚至能够想象自己手起刀落，将那人头斩落后高高抛起的情景。

让他们先进攻，巴姆巴洛姆按捺着战意，等待时机。

斯鲁姆帝显然也有同样的想法，一时间，双方对峙着，谁也没有动手。

对于强大的一方，这样的对峙显然就是示弱。过了片刻，斯鲁姆帝的军阵中响起了擂鼓声。

巴姆巴洛姆凝聚着战意。他要将所有的信息素在最关键的时刻释放出去，最大限度地维持战士们的斗志，杀伤敌人。

排山倒海般的呐喊声响起，敌人开始向前冲锋。两侧的敌人同时变阵，向着队伍的后方包抄。

斯鲁姆帝志在必得，想要围歼。

巴姆巴洛姆短须直立，两眼直直地盯着敌人的前锋。

这是一场决战，他根本没有留退路，也不会在意敌人的包抄。

他所要做的事，是突破向前，砍下斯鲁姆帝的头。

红色的浪潮仿佛急流般向前涌动。

"杀!"巴姆巴洛姆大喊一声,气氛素瞬间迸发出来,所有战士顿时精神一振。巴姆巴洛姆率先冲了上去,战士们紧紧跟上,队伍仿佛化作了一个巨大的箭头,向着红色的急流刺去。

锋利的箭头轻易地劈开了对方的阵形,也让自己陷落在包围中。

巴姆巴洛姆腾挪闪避,挥剑如风,穿着红色皮甲的对手一个接一个倒在他的剑下,灵巧的身影很快向着斯鲁姆帝逼近。

斯鲁姆帝却在往后撤!大旗缓缓地向后移动,旗下的斯鲁姆帝在战士们的簇拥下也正不紧不慢地向后退,头盔上那五彩的羽毛不住地摇晃,斯鲁姆帝站在旗下,居高临下地向这边张望,身子笔挺,志得意满。

这是计划好的陷阱!

巴姆巴洛姆挥剑砍下身旁一个敌人的头,抓起来,用力向着斯鲁姆帝的方向抛过去。"斯鲁姆帝,你是个懦夫,只配吃我的屎,闻我的屁……"

斯鲁姆帝并不理睬,仍旧缓缓后退。潮水一般的战士源源不断地涌上来,虽然他可以轻松地砍倒任何一个对手,然而敌人太多,很快他就被团团包围在中间。跟随自己冲锋的战士们都落在后边，自己孤身一人，陷入重围。

巴姆巴洛姆仍旧奋勇向前。做一个亚迪特有史以来最勇敢的战士，如果不是阴差阳错地成了酋长，这就是他的毕生志愿。在最后的关头，他不再是个酋长，而只是一个战士，为了证明自己而战斗。

亚迪特人被这种疯狂而强有力的冲击震撼，纷纷退缩。

风中飘来气氛素的气息。斯鲁姆帝在激励他的战士们拼死一搏，退下去的战士们又冲了上来。他们陷落在无可名状的亢奋中，根本不怕死，只求能砍倒巴姆巴洛姆。

刀剑如同密雨般向着巴姆巴洛姆落下。

转眼间，他的身上受了三处伤，他也杀死了两个敌人，把他们的尸体推出去暂时挡住冲击。

就到此为止吧！他抬头看了看不远处斯鲁姆帝的大旗，无限愤恨。

敌人又涌了上来。

巴姆巴洛姆高举四柄短剑，短剑上殷绿的血顺着剑锋往下滴，他抬头望着蓝天，全然不顾向着自己招呼而来的刀剑，拉直脖子，发出一声嘶声竭力的吼叫。

至少有两柄剑刺入了他的身体，还有一柄砍在他的胳膊上。

痛楚之下，巴姆巴洛姆奋力挣扎。汩汩热血激发出最后的野性，他大喊一声向着面前的敌人扑上去，却腿上一痛，不由自主地跌倒在地。

刀剑架住了他的脖子，让他再也不能动弹。

巴姆巴洛姆仰天躺着，正要向那脖子上的剑锋撞去，却看见高远的蓝天里出现一小团漆黑的东西。他从未见过那么黑的东西，就像蓝天中无底的深孔，而且正急速地变大。

巴姆巴洛姆愣了愣，心底刹那间燃起一丝希望。他大口喘息，却不再挣扎，只是等待着。

战场上平息下来，斯鲁姆帝取得了彻底的胜利。欢呼和喧嚣飘荡在原野上。

黑色的小点很快变成了庞然大物，降临战场上空，所有人都看见了它。它就像一只黑色的铁鸟绕着战场盘旋。胜利的欢呼变得稀稀拉拉，人们都在惊异中观望着。

黑色的铁鸟降落，静卧一旁。

战场上一片寂静，所有人都看着那铁鸟。

巴姆巴洛姆静静地躺着，他有强烈的预感，阿奴吉亚要来了。

身边的人散开，有人走了过来。

来人就像一个影子般轻巧。巴姆巴洛姆侧过头去，努

力辨认。

来的人果然是阿奴吉亚，然而却带着非同一般的气息，并非平凡的阿奴吉亚可比。围着巴姆巴洛姆的人自觉地放下了刀剑。

阿奴吉亚的身上散发出强烈的气氛素，让人感到心平气和。他就像一阵清风，吹走了战场上的血腥，让每个人的心头都不再有一丝战意。

巴姆巴洛姆挣扎着站起来，腿上的伤仍旧疼得厉害，他勉强抄起落在地上的短剑，站直身子。阿奴吉亚的气氛素能够影响所有人，却并不能影响他。他可以趁机干净利落地杀掉所有敌人。

"巴姆，不要杀人。"阿奴吉亚开口说话。

巴姆巴洛姆翘起短须，紧握短剑，盯着不远处斯鲁姆帝的大旗，却没有动手。阿奴吉亚刚救下他，他应该听阿奴吉亚的。

阿奴吉亚继续向前走，巴姆巴洛姆瘸着腿，紧跟在他身旁，机警地扫视着四周，防范任何意外。

然而阿奴吉亚并不需要任何战斗，他从容地走进战阵，阻挡在前边的战士自然让在两边，仿佛他身上带着某种魔力将他们推开。他一直走到斯鲁姆帝的大旗下。

斯鲁姆帝也并未受到气氛素的影响，亚迪特的领主都是鼓动者而非被鼓动者，然而面对这突如其来的意外，他完全不知该如何是好，短剑握在手中，却并不举起，短须软软地垂着，毫无战意。

巴姆巴洛姆正想冲上去一剑砍掉斯鲁姆帝的头，然而尚未行动，阿奴吉亚已经拉住了他的手。

阿奴吉亚向着斯鲁姆帝招手，示意他过来。

斯鲁姆帝犹豫着，然而还是上前几步，走到了阿奴吉亚身旁。阿奴吉亚伸着手，斯鲁姆帝丢掉一柄剑，握住阿奴吉亚的手，另外三只手却仍旧紧握着剑。

阿奴吉亚一手拉着斯鲁姆帝一手拉着巴姆巴洛姆，两只中间肢合拢，闭上眼睛，口中念念有词，"以神圣的星星为名，我许你们安宁。天国之门打开，你们将是星星的仆从，一心侍奉群星，别无他念。星星是一切的源起，一切的归宿，而我，阿奴吉亚，是星星的代言人，你们将听命于我，扫除大地上一切暴戾和罪恶，归于永恒的宁静……"

巴姆巴洛姆听着阿奴吉亚的祷言，虽然阿奴吉亚是个值得信赖的人，但他并不想听命于任何人。

然而，由不得他不听。

随着阿奴吉亚的话语，他感到身体似乎被托举起来，变得轻飘飘的，就像躺在柔软舒适的床里，全身完全松

弛。阿奴吉亚的话似乎变成了咒语，能够深入心灵，沁入每一寸肌体。

阿奴吉亚释放了特殊的气氛素，这种气氛素比圣水的威力更强大，甚至连他也无法抵抗。

巴姆巴洛姆向斯鲁姆帝看去，这个亚迪特人的王中之王已经丢下短剑，在阿奴吉亚身前俯下身子，高大的身躯几乎完全伏在地上。

强大的气氛素扩散开，周围站立的亚迪特战士纷纷随着斯鲁姆帝俯身，伏倒在地。

巴姆巴洛姆也俯下了身子，然而并非完全伏在地上。他向着远处的黑色铁鸟张望。

阿奴吉亚获得了神秘的力量，他一定是得到了银河人的帮助。银河人竟然能够让一个普通的农人拥有和领主相同的能力，甚至比领主更为强大。

巴姆巴洛姆想不了更多。恍惚间，灵魂似乎已经飘入了天堂，他再也无法控制自己的躯体，而是不停地战栗。那是一种幸福到了极点的战栗，迷迷糊糊中，他看见黑色的铁鸟腾空而起，直掠而上，消失在碧蓝的天空中。

事情并没有完全按照银河人的设想发展。

征服亚迪特部落并没有耗费太久的时间，中季还没有过去，北方原野上大大小小的部落都已经臣服。所有的部落都派遣了最精锐的武士加入军队，一支有史以来最强大的亚迪特大军浩浩荡荡地向摩尼卡的北方重镇速昂城开拔。

有了这支多达六万人的大军作为后盾，阿奴吉亚认为最多两个月，他就可以进入圣城，从而统一摩尼卡，将星星的福音带给所有人。

现实却给了他沉重一击。

在速昂城高大的城墙下，先锋部队丢下了上千具尸体，大败而回。

第二次进攻的结果更为惨烈，五千人的进攻部队，回来的不到一半。

对方的抵抗异常顽强。

根据探子的报告，空桑大人下了死令，所有的守军要战斗到最后一人，为此，空桑大人派遣司星人亲临速昂城，解除了守城领主的职权，施放圣水，将他的权威直接授予每一个战士。让人人都死战到底，这是传说中神圣大巫才拥有的力量，空桑大人是神圣大巫的代言人。

阿奴吉亚回想起受到空桑大人接见的那次。他战栗着匍匐在地板上，心甘情愿地接受任何差遣，空桑大人能够控制人的灵魂，在布丁将计划告诉他之前，他一直深信

星落

不疑。

布丁的计划很简单。

"你们的生理极度依赖化合物进行控制，这也是演化的奇迹。如果你能够支配这些有机化合物分子，你就能赢下整个世界。"布丁是这样和他说的。

他不太明白有机化合物这个词的意思，摩尼卡的语言中并没有这样的词汇，然而他隐约明白这个词指代领主们身体内能够产生的气氛素。

银河人能够让阿奴吉亚拥有释放气氛素的本领，配合绑在手上的几个金属镯子，阿奴吉亚就能像真正的领主一样释放气氛素。让人快乐的，让人平静的，让人害怕的，让人激动的……甚至就连类似圣水的极乐气氛素，阿奴吉亚也能释放。

然而布丁并没有完全说对。如果对手都是亚迪特人，那么赢下整个世界并不算太困难，然而受到严密控制的摩尼卡人就没有那么容易对付。他甚至找不到机会施放气氛素来控制他们。

接下来该怎么办？发起第三次攻击吗？

阿奴吉亚正想着，眼前的星火亮了起来。

这是布丁要和自己对话。

星火和巴姆巴洛姆最初交给自己的那个完全一样，时

145

至今日，阿奴吉亚已完全掌握了它——这是一个能够和银河人进行对话的神器。

他熟练地打开星火。

一团亮光跳出来，在星火的中央跳跃，随着声音的强弱而闪烁。

"你的进展看上去并不顺利。"布丁开门见山地说。

"是的，我在考虑调整策略。"

"需要我们帮忙吗？我们可以帮你摧毁敌方的抵抗。"

"你说过银河人不宜介入星球内部事务。"

"没错，但现在你是我们的盟友，我们只想尽快解决这件事。旷日持久的战争可不是什么好事，银河人久远的历史深刻地说明了这点。我还必须提示，时间不是我的问题，是你的问题。"

"我会解决这个问题。"阿奴吉亚回答，作为弱势的一方，他只想在银河人面前维持一点有限的尊严。银河人提供了强大的武器，亚迪特人也已经臣服，相比而言，他拥有的力量超过历史上任何一个北方之王。如果继续依赖银河人来打败摩尼卡人，那么他完完全全就像一个傀儡。

当他接受数万将士的欢呼，看见他们兴奋的面孔时，他清楚地意识到巨大的使命感。带领摩尼卡人走出星球的，应该是一个先知，而不是傀儡。银河人已经提供了足

够的帮助，他必须依靠自己的力量走完余下的路。

"如果需要帮助，就直接告诉我。"布丁不紧不慢地说着，忽然话题一转，"巴姆巴洛姆要回去了。"

"哦，那太好了。"

"他向我们提出了一些很难办到的要求，但是我们还是做到了。"

"什么要求？"阿奴吉亚顺着布丁的话问。

"他要成为一个完全不受任何气氛素干扰的人。"

"哦？"

"没错，完全不受气氛素控制，完全独立。"布丁加重语气，"我们发现了你们的体内有一个编号贝塔147的关键基因，它可以影响所有相关蛋白质分子的表达，如果这个基因失去活性，你们的躯体将对气氛素不敏感，或者说，没有任何一个领主可以控制你。"

布丁的话还是让人似懂非懂，但是阿奴吉亚明白了其中的意味：巴姆向银河人寻求帮助，找到了不受气氛素控制的办法。他明白巴姆的心思，巴姆不愿意向任何人屈服，包括自己。

"那么你们可以帮助他达成愿望了。"

"没错，当他回到你的营地，会和从前不一样。"

"这对他是好事。"

"是的。我还有点其他的意外发现。"

"哦，什么？"

"他下了一个蛋。"

"哦？"阿奴吉亚有些意外，随即平静下来。巴姆一定是对银河人的手段感到不安，所以产下一个蛋。像巴姆这样的高级领主，是不会轻易产蛋的。

"这让我们所有人都感到意外。你们根本没有性别，然而却有截然不同的基因混合方式，我们从前从未遇到过。你们每个人都可以下蛋，是吗？"

"摩尼卡人用自然的方式延续生命。"

"没错，只是和我们完全不同。我们的人类是有两种性别的，你们却只有一种，然而你们并不是雌雄同体的，也不能把你们定义为雌性。你们每一个都能接受别人的遗传子来修改自身的遗传密码，这真是太神奇了。我从前居然从来没有想到有这样的可能。"

布丁自顾自说着，阿奴吉亚接不上话，于是只能沉默地听着。

过了片刻，布丁似乎意识到了阿奴吉亚的沉默，也停了下来。

"阿奴吉亚，这次找你除了巴姆巴洛姆的事，还想要和你确认一件事。"当他再次开口，便又换了一个话题。

"什么事？"

"你的贝塔147号基因上存在突变，根据我们检查的样本，你的身体内，大约百分之一点四的细胞贝塔147号基因是突变的，但是近百分之九十九，都是正常型。所以我想请你确认，是否你曾经拥有气氛素免疫的能力，后来因为某种原因重新对气氛素敏感。"

"气氛素免疫，那是什么意思？"

"就是对气氛素完全不敏感，不会受气氛素的控制。巴姆巴洛姆说你们有个特别的词汇形容这样的人，叫作自由者。"

自由者。

这个词汇像是雷电般闪过阿奴吉亚的记忆。是的，他曾经是一个自由者，这个词就像鬼的影子一般一直跟着他，直到他成年，成为一个探子。

据说他本来一出生就该被抛弃。天生不能感受气氛素的婴儿绝大多数都被抛弃了，他之所以能活下来，完全是出于村民们的善心。

领主让许多人给他混血，感受气氛素的能力随着血液一道进入他的身体。他的身上至少流着三十个人的血。这些人鄙视他，嘲笑他，然而还是献出自己的血让他能够逐渐地开始感受到气氛素，最后完全恢复正常。他发自内心地对这些叔伯心存感激。还有那仁慈宽厚的领主大人，他心存敬畏，更多的还是感激。

他爱他们。他爱村子！鲜红的庄稼地里，黑色屋顶的房子，村子里老老少少的人们都站在村口，为他送行。

他想起了留在记忆中的最后一幕。

然后是烧焦的废墟和腐朽的尸骨。

所有的亲人都不在了。他感到自己的心被狠狠地揪了一把。

"布丁阁下，是否可以让我独自待一会儿，我会回答你的问题，但是现在我需要独自冷静。"阿奴吉亚强忍着哀痛，平静地说。

布丁觉察了异样，"阿奴吉亚，你的眼睛……我先离开。"

布丁离开了。

阿奴吉亚静坐了一小会儿。片刻之后，哀伤逐渐退去，他站起身，走出营帐。

营帐接着营帐，绵延不绝。战士们来来往往，为下一轮的进攻做准备。

阿奴吉亚缓步穿过人群，血的气息夹在空气中扑面而来，每个人弥散的气息都有和别人截然不同之处。他心念一动，停下脚步，闭上眼睛，气氛素在空气中弥散，在他的脑海中形成一个个完全不同的形象。

他张开眼睛，有了一个新的主意。

"你，到我这边来。"他对一个正在练习劈刺的战士说。

战士有些意外，然而还是收起短剑，快步走了过来。

阿奴吉亚不用眼睛看他，而是快速地辨认着他的气息。

至少有两种气息和其他人是不同的，很微弱，然而还是能够被分辨出来。阿奴吉亚努力品味那两种特别的气息，他有些不确定，然而值得一试。

战士走到阿奴吉亚身前，忽然间倒了下去，蜷起身子，六肢紧缩，卷成一个球，就像一个巨型的蛋。

其他的战士们被这突然的变故所吸引，纷纷围了过来。

阿奴吉亚伸手抚着战士的背，战士猛然间弹开身体，一骨碌站起身。

他茫然地看着自己的手，似乎刚经历了不可思议的事。

"大家去做各自的事。"阿奴吉亚平静地宣告。

人群散去。

被召唤来的战士仍旧在原地站着。

"你叫什么名字？"阿奴吉亚问。

"基多义诺姆。"战士回答。

"基多义诺姆，你做我的护卫。"阿奴吉亚对他说。

基多义诺姆会是一个绝对忠诚的护卫。

阿奴吉亚抬眼望了望远处的速昂城，高大的青灰色城墙坚实厚重，哪怕远卧在地平线上，也能让人感受到那阻断一切的气魄。

他有了一个新的计划，只等巴姆巴洛姆归来就可以放手去做。

充满挑战，风险巨大，然而却有很大的机会成功。

他意味深长地看了自己的护卫一眼。

阿奴吉亚在前边走，巴姆巴洛姆不紧不慢地跟着，就像一个侍从。

阿奴吉亚的脚步从容而镇定，巴姆巴洛姆的动作却有些僵硬。

这个计划实在太冒险，巴姆巴洛姆不由自主地感到紧张，手心里都是汗液。刀剑林立的战阵他不怕，战斗就是亚迪特勇士的生存之道。然而孤身一人，手无寸铁地走向敌人，还能如此镇定，他实在很钦佩阿奴吉亚的勇气。

勇气需要自信来支撑。他亲眼看见阿奴吉亚如何让一个战士陷入休克，只在一瞬间，阿奴吉亚就像魔术般抓住了战士的灵魂，控制了他的生死。传说中神圣大巫就是这样惩戒那些不虔诚的信徒。阿奴吉亚就是神圣大巫的代言人。

他心甘情愿跟着神圣大巫的代言人去冒一次险。

只不过，如果城墙上射来一块飞石，神圣大巫也无法保护阿奴吉亚的生命。

阿奴吉亚没有一丝踯躅，稳步向前。他的灰色罩袍拖曳在地，看不到脚步，整个人仿佛在草地上飘移。

罩袍下，巴姆巴洛姆全身湿透，他第一次觉得自己怎么如此笨拙。或许是这身不伦不类的罩袍阻碍了自己。他浑身不自在地跟在阿奴吉亚身后，保持距离，表现得就像一个对主人恭敬有加的侍从。

城墙上的士兵没有施放飞石。他们对两个来历不明的灰袍人感到好奇，"站住！你们是什么人？"城墙上传来喊话。

阿奴吉亚停下脚步，向着城墙上回答："以远方星星的名义，我是来自北方的星使，请给一杯水和一餐饭，我们要继续赶路，前往圣城朝拜。"

"看见了吗？现在在打仗，你们往回去，不要再来了。"

"我们是星星的奴仆，战争和我们无关，只要借路前往圣城。"

士兵低头商量，片刻之后，再次喊话，"有武器吗？"

"星星的奴仆从来不需要武器。"阿奴吉亚从罩袍下伸出手，高高举起。巴姆巴洛姆也照样举起手来。四手高举，这是一个投降的姿势，巴姆巴洛姆紧张地盯着城墙上士兵的一举一动，十五步之外有一个小小的土包，只要有一点苗头，他就立即拉上阿奴吉亚奔逃到土包后边。

城墙上嘎吱嘎吱摇下一个巨大的篮子。

阿奴吉亚向前走去，巴姆巴洛姆紧紧跟上。

两个人跨进篮子里，篮子微微一颤，缓缓上升。

城楼上，一队士兵围了过来，其中两个将阿奴吉亚和巴姆巴洛姆从篮子里拉出来。

"你是个亚迪特人！"一个士兵看见了巴姆巴洛姆之后惊呼。

"他是我的仆人。"阿奴吉亚回答，"他早已经皈依星星。"

巴姆巴洛姆闷声不响。他和阿奴吉亚早已约定好，除非到了万不得已，他无须开口，也不能动手。

"亚迪特人！"士兵咕哝着，用怀疑的目光打量着巴姆巴洛姆。

"一杯水，一餐饭，然后我们就上路。"阿奴吉亚对士兵说。他的话语中似乎有某种魔力，让士兵戒备全消。士

兵顿了顿手中的长矛，"跟我来吧，我带你们去吃饭。"

两个人跟着士兵。

"你叫什么名字？"阿奴吉亚忽然问。

"艾利特。"士兵回答。

"艾利特，我们想见你的领主，他是速昂城的守卫者，是吗？"

"艾达大人是速昂城的领主，他的家族统治速昂城已经快两百年了。"艾利特回答，"我……我带你们去见他。"

巴姆巴洛姆嗅到了阿奴吉亚释放的气氛素，虽然他对此并无反应，然而艾利特显然已经受到了影响。阿奴吉亚让这个士兵把他们当成了自己人。

神奇的魔法！巴姆巴洛姆心中暗暗嘀咕。阿奴吉亚神奇的魔法简直可以和银河人媲美。

他们调转了方向，走下城楼，走在碎石铺就的主道上，向着城里最高的红色建筑前进。那是守城领主的官邸。

事情进展顺利，却在最后关头出了差池。

领主艾达死掉了！

阿奴吉亚一时间有些惶然，他设想过如果真的无法控制领主，就由巴姆巴洛姆动手，哪怕不能让领主心甘情愿俯首听命，也可以胁迫他，让他放弃抵抗。领主却死掉了，是被气氛素毒死的。

这突如其来的变故让官邸里变得一片混乱。

"阿奴吉亚，现在该怎么办？"巴姆巴洛姆贴在他耳边低语。

阿奴吉亚看着躺在地上的领主，绿莹莹的血从他的嘴角边溢出，身子紧缩成一团，两只眼睛都鼓了出来，显然是经受了极大的痛苦。

不该是这样的！阿奴吉亚心乱如麻，杀人不是他的计划。

"我们要赶紧逃。"巴姆巴洛姆提示他。

阿奴吉亚抬头，只见院子里一片混乱，死掉了领主的部属们疯了似的四处奔跑。他们在混乱中彼此试探，来决定新领主的人选。

既然走到了这一步……阿奴吉亚把心一横。他向着院子里走去，"巴姆，帮我去把大门关上，他们现在不会阻拦你。"

巴姆巴洛姆没有动，"你打算怎么办？"

"我们就在这里把事情办好。"阿奴吉亚一边说一边继续向院子里走。

"阿奴吉亚，我们可以趁乱跑出去，沿着城墙爬下去，这更安全。如果真不行，就让银河人帮忙。"

"相信我。守住大门，不要让任何一个人跑出去。不要银河人帮忙。"阿奴吉亚回答，说话间他伸手抓住了一个慌乱的侍从。侍从立即瘫软了下去。

阿奴吉亚的话语坚定，表达出强烈的决心。

巴姆巴洛姆行动起来，快速穿过院子，跑向大门。守门的几个战士早已经不见了踪影。巴姆巴洛姆顾不上那么多，将两扇大门合拢，用粗大的门柱顶住。院子里的叫喊声此起彼伏。

有人跑到了门前，巴姆巴洛姆虚张声势，大吼两声，立即就把人吓了回去。

院落和里边的屋子里仍旧传来叫喊声，巴姆巴洛姆心急如焚，很想过去看个究竟，然而又不敢离开大门，焦急中，他狠狠地捶打门柱，厚实的大门不断颤抖。

院落里的叫喊声渐渐平息，到最后，竟然一丝声音也没有了。

偌大的府邸，竟然像空无一人。

"阿奴吉亚！"巴姆巴洛姆高声呼叫。

阿奴吉亚的身影出现在门洞里，正缓缓地走过来，有气无力，似乎随时会倒下。

巴姆巴洛姆迎了上去，扶住他。阿奴吉亚的眼睛焕发着红色的光彩，仿佛燃烧的火苗。巴姆巴洛姆一怔。传说中，红色的眼睛是神圣大巫的象征，一个拥有红色眼睛的代言人，力量无边。

门洞里可以望见院子里的情形。

院子里，人们正聚集起来，排成整齐的队伍。

他们俯身在地，向着阿奴吉亚跪拜匍匐。

"扶我站稳。"阿奴吉亚低声说。巴姆巴洛姆稳稳地托住他。

"以星星的名义，赐你们幸福。艾达领主去了星星那里，他的灵魂将在天堂安息。你们将成为星星的奴仆。我，阿奴吉亚，星星的代言人，将指引你们幸福的方向。"

一阵特异的香气从阿奴吉亚身上传来，在人群中扩散开。

院落里匍匐跪拜的人们沐浴在气氛素中，浑身战栗，激动不已。

这些人完全臣服于阿奴吉亚，哪怕阿奴吉亚要他们去死，也绝对不会有丝毫犹豫。

巴姆巴洛姆默默地看着眼前的一切。阿奴吉亚用短短的十多分钟就控制了这上百人，比他所知的最强大的领主还要强大十倍。托住的身体虚弱不堪，虚弱不堪的身体里却蕴藏着不可思议的力量。

他忽然感到一阵庆幸，自己想要自由，不经意间，成了唯一不受阿奴吉亚控制的人。

星星的代言人可以带来幸福，却无法带来自由。而他，巴姆巴洛姆，是一个自由的人。

速昂城的领主艾达去了星星的天堂，空桑大人的使者成了阿奴吉亚的信徒。

上百名使者从速昂城出发，宣扬新的教义，星星降临大地，神圣大巫将重回摩尼卡，阿奴吉亚将为他代言。星星的代言人将给摩尼卡带来永恒的幸福。

火眼阿奴吉亚——人们提到他的名字时都心存敬畏。火红的眼睛在摩尼卡的传说中是超凡能力的象征，不是魔鬼就是圣人。

阿奴吉亚狂潮席卷摩尼卡大地。

在星星降落的时刻，空桑大人背弃了使命，也被星星所遗弃。

阿奴吉亚才是最接近星星的人，神圣大巫的代言人。

从速昂城出发，再也没有大规模的战斗，领主们争先恐后地在圣道迎接他，接受他的洗礼。

然而并非所有人都相信新的教义。

从速昂城到圣城，大约六百弥盾的路途，有三十四名领主前来皈依。但是一路途径的大大小小的村镇，至少该有超过三百名领主。

大多数领主，或者畏惧空桑大人，或者怀疑阿奴吉亚，并没有出现。

但是他们也并没有阻拦。

一支仅有两百人的小队伍，招摇过市，向圣城进军，却没有任何人出来阻拦。这本身就是奇迹般的胜利！

然而和这一场较量相比，已经取得的所有胜利都微不足道。

赢下这一场，一切的怀疑都会烟消云散。

如果输掉了呢？

如果输，那也是注定的命运。冥冥之中，星星会赐予人间公道！

阿奴吉亚相信自己不会输。

他远眺圣城。城门仍旧敞开着，高大的灰色城墙下，零零散散有几个巡逻的哨兵。面对一支只有两百人的队伍，圣城并没有过于紧张。

然而在那圣殿深处，有一个人一定正焦躁不安。

这是一场他和空桑之间的战争，他明确地指明了这点，并且昭告天下。他下了战书，也同样昭告天下，如果空桑还想继续统治，那么唯一的方法就是接受挑战，在决斗场上战胜他。或者干脆投降，承认自己不再是星星的代言人。

他相信空桑不会投降，从来没有神圣大巫的代言人向另一个代言人投降，代言人按照血缘继承，空桑一定会抵抗到底，这正是他想要的事。

他希望所有人都接受新的教义，心悦诚服，但空桑是个例外。

灭族的仇恨让他的每一根骨头都充满了恨意。

领主和亲人们被最残酷的法子杀死，被火烧死，被虫子吃掉，无论哪种死法，他们的灵魂都无法进入天堂安息。只有空桑的血能够消除他们所承受的罪孽。

他也需要一个带血的证明，宣告自己无上的权威。

一切都会在今天了结，他耐心地等待着。

"他一定是害怕，不敢来。"巴姆巴洛姆在一旁发话。

阿奴吉亚扭头看着巴姆巴洛姆，"他一定会来，星星的代言人自有荣耀。"

巴姆巴洛姆的短须直立，不以为然，然而不再说话。

城墙下忽然尘土飞扬。

一支队伍冲出了城门。队伍的衣甲都是灿烂鲜艳的红色，在阳光下异常亮丽。他们骑着高大的库卡，哒哒的蹄声响成一片。

这是神圣大巫的护卫军。

该来的终于来了。

阿奴吉亚信步向前。他并不带护卫，只有巴姆巴洛姆陪在身旁。

一场神圣的决斗，是不需要护卫的。

护卫军在两百步之外停下。

空桑从人群中走了出来，向着阿奴吉亚走来。他孤身一人，也没有带护卫。

走得近了，阿奴吉亚能够看清空桑的脸。和三个月前所见的一样，这是一张几乎石化的脸，脸上密布刀刻一般的皱纹。

他感受不到任何气氛素的存在，仿佛正向自己走来的是一个无味之人。

巴姆巴洛姆从银河人那儿回来之后，变成了一个无味之人，银河人在巴姆巴洛姆身上施展了神奇的魔术。然而空桑并没有和银河人接触过。

一个能够隐藏自己身体气息的人是可怕的。

然而阿奴吉亚无所畏惧。

阿奴吉亚迎着空桑，继续走着。到了相距两步远的位置，两个人同时停下。

空桑的眼中闪着冷漠的光。

"你果然有火红的眼睛，红眼是不祥的征兆。"空桑开口。

阿奴吉亚并不回应，他绷紧了身上每一根神经，防范随时可能袭来的风暴。

气氛素的风暴眨眼间就可以让人死掉，甚至意外也可能造成瞬间的死亡，就像他无意中对艾达所做的那样。

空桑干瘪的躯体中，蕴藏着岁月积累的智慧，可以洞悉任何人的弱点，转瞬间让人在生死间回转。阿奴吉亚领教过那滋味。

"你是冲着我来的。"空桑接着说。这像是一句问句，然而语气又不像。

"你杀死了我所有的亲人，我必须杀死你。"这一次阿奴吉亚选择了回应。按照摩尼卡古老的习俗，被杀死的人无法进入天堂，除非凶手付出生命。杀人的凶手肯定不止一个，然而元凶只有一个。

"神谕告诉我，自天而降的星星是凶兆。我以神圣大巫代言人的身份履行职责。"空桑的话像是辩白，又像是宣言。

阿奴吉亚保持警惕，只等着空桑发起攻击。

空桑却只是站着，身上依旧没有一丝气息。

空气仿佛凝结了一般，让人喘不过气来。

阿奴吉亚忽然间有一丝惶恐，感到决斗凶多吉少。这转瞬而逝的心念似乎被空桑洞悉，就在这一瞬间，海涛一般的气氛素席卷而来，将他吞没。

空桑全力一击，至少释放了十七种气氛素，每一种都是致命的毒素，包括致死的疯狂素和松弛素……其中三种，阿奴吉亚无从分辨。

如果一一分析，或许还有破解的可能，然而生死就在须臾之间，阿奴吉亚根本无从反应。

还好，阿奴吉亚在意的并非自己的生死。对空桑来说，释放气氛素的时刻，也正是他最脆弱的时刻。

阿奴吉亚奋力将自身准备的武器全都抛洒出去。三十六种气氛素的组合，这是他的全部所能，其中多数并非致命毒素，甚至包括了让人极度欢乐的极乐素。他不知道什么气氛素能够对空桑起作用，把全部的气氛素都抛出去，近乎赌博。

不知道哪种气氛素起了作用，阿奴吉亚感到心脏剧烈地跳动了两下，就像脱缰的库卡一般跳跃着。剧痛随即传遍全身。他捂着自己的心脏，勉力站着，没有倒下去。

身后传来动静。阿奴吉亚似乎听见了有人倒地的声音，巴姆巴洛姆也受到了打击，尽管他对绝大部分气氛素免疫，然而那些被空桑当作秘密武器保留的气氛素仍旧产

生了影响。

　　好消息是空桑也受伤了。他的躯体蜷曲起来，似乎被麻痹素所控制。

　　阿奴吉亚的心脏跳动得更加剧烈，全身的血液似乎都被泵到脑子里，头部像是膨大了一百倍，分秒就会爆炸，心脏也像是随时要炸开胸腔冲出来。

　　或许最好的结果就是和空桑同归于尽。

　　阿奴吉亚咬紧牙关，尽量将所有的气氛素都送出去。从来没有人敢于在空桑面前释放控制类气氛素，如果空桑对于麻痹素敏感，那么臣服素或许同样有效。

　　然而，控制一个人比杀死一个人要缓慢得多。在能够控制空桑之前，自己可能就已经死了。

　　恍惚中，阿奴吉亚仿佛看见了布丁的黑色飞船出现在头顶上方，悄然出现，又蓦然消失，像是幻觉。

　　身边阴影一闪，巴姆巴洛姆不知道什么时候已经站立起来，拔剑向前。他显然受了重创，走向空桑的脚步踉踉跄跄，甚至时而要依靠中间肢支撑身体。

　　然而他最终还是走到了空桑身旁。

　　空桑已经失去了行动力，蜷曲在地上。华丽的袍子铺陈开，像巨大的毯子覆盖着他干瘦的身体。

　　巴姆巴洛姆手起剑落，一股碧绿的鲜血从那干瘦的躯体中涌了出来，浸透罩袍。巴姆巴洛姆一个跟头倒下去，躺倒在空桑的尸体旁。

阿奴吉亚的心脏逐渐恢复平静。

他从死亡的边缘回到了人间。

他收敛心神，驱动气氛素。

远远围观的卫队嗅到了些微的气息，然而那已经够了。这些华丽武装的卫队纷纷从库卡上跳下来，向着阿奴吉亚俯身跪拜。

遥远的天空里，一个小小的黑点正在蓝色背景上快速移动。阿奴吉亚看见了它，久久凝望。

他的眼睛如火一般鲜红。

有史以来第一次，从北方的寒冷地带到南方的温暖花园，整个摩尼卡大陆都服从唯一代言人的统治。

星星降落，阿奴吉亚将星星的福音带到人间，摩尼卡人将随星星前往那永恒的天堂。

这不是教义，而是计划。作为计划的第一步，两艘从星星而来的巨大飞船降落在速昂城郊外，巴姆巴洛姆的战士们首先登上这两艘飞船上训练。

关于未来的传言沸沸扬扬，阿奴吉亚用了半年的时间，巡视了广袤的领地，将所有人的心都安抚下去。

通向星星的路，才是未来的路。他向所有的摩尼卡人宣告。

所有的人都相信他。

然而内心深处，他仍旧有些怀疑。

他怀疑银河人。

这些来自遥远世界的不同人类，拥有魔法般的强大力量，制造出令人叹为观止的奇迹般的飞船，然而，他们究竟会如何对待摩尼卡人。

虽然布丁和沙达克都向他保证了多次，银河人毫无恶意，阿奴吉亚自己也相信如此，然而内心深处，他仍旧感到不安。

这也是他再次来到飞船上的原因。

这一次，他的身份是摩尼卡的统治者，代表着摩尼卡大陆上所有的人。

布丁不在，也许是刻意回避他。

船长穿着厚厚的隔离服和他交谈，由沙达克翻译。

"布丁指挥官给你留下了话，如果你问起他，那么他要恭喜你成功地统治了所有部族。你巨大的勇气和顽强的斗志给他留下了深刻的印象，向你致敬。"船长说。

"能送我过去吗？我想看看你们的舰队。"阿奴吉亚问。

"恐怕不行，如果没有授权，我无法将你送到总舰队去。"船长回答。

"所有的摩尼卡人，都会登上你的飞船，是这样吗？"

"没错，按照计划，是这样的。"

"你的飞船上有多少人？"

"大约五千人，如果不算冬眠的人口。"

"五千人就能控制这么大的飞船，但是摩尼卡人有超过一百万人口。"

"我们了解，我的飞船能容得下。"

"但是摩尼卡人很臭。"

船长愣了愣，"我们的飞船足够大，可以为你们提供隔离区。"

"一百万摩尼卡人，难道不能控制飞船吗？"阿奴吉亚追问。

船长发笑，笑声就像卡西莫兽的叫声。

"阿奴吉亚，我很尊重你，但是一个文明有自己的上限，你们还没有达到星际航行的门槛。也许将来某一天，摩尼卡人会拥有自己的飞船，但是现在肯定不行。"

"只要你们愿意教，我们可以学。"

船长收敛了笑容，"你是认真的吗？"

"当然是认真的。"阿奴吉亚郑重其事，"我给布丁指

挥官带了礼物，是陈放在圣殿的望远镜，是摩尼卡的精湛工艺。摩尼卡人并非不开化的种族，如果能有银河人的指引，我们可以学到更多。"

"我会转告布丁指挥官。"

"请您告诉他，我就在这里等。"

"在我的飞船上？星球上还有更重要的事等待你。"

"没什么比这件事更重要了。如果有必要，我残余的岁月都可以在这里等他。"阿奴吉亚非常确信地告诉船长。

无论结果是什么，在摩尼卡人登上飞船开始星星之间的旅途之前，他都要确定无疑。

布丁终于来了。

阿奴吉亚已经在飞船上等了足足三十五天。

"联合指挥部同意让摩尼卡人拥有一艘独立飞船。"布丁开门见山，"我们无意控制任何文明，指挥部决定把一艘贝壳船送给你们，这是欢迎摩尼卡人加入联合舰队大家庭的见面礼。"

"万分感谢！"阿奴吉亚没料到会如此顺利。他深刻地明白，摩尼卡的命运，不过是在银河人的一念之间，他只是想试探银河人的底线，却没有料到银河人会如此干脆地将飞船给他。就算拥有了一艘独立的飞船又能如何，在星星之间，银河人才是导师。

阿奴吉亚俯身，用最虔诚的礼仪向布丁跪拜。

"阿奴吉亚，不要这样，我们是朋友。"布丁慌忙说。

阿奴吉亚直起身子，"这不是我个人的事，我代表所有摩尼卡人向银河人致意。茫茫的星星之间，摩尼卡人或许是一群无足轻重的虫子，你们可以对太阳予取予求，完全不用顾忌我们的生死。但是你们没有那么做。"

"那不符合我们的道德规范。"

"是的，所以我要感谢你们。万分感谢！"阿奴吉亚说着再次俯身。

布丁默默地接受了阿奴吉亚的致敬礼。

"你的贝壳船在路上。"等阿奴吉亚起身，布丁说道，"你们的星球再转六百圈，它就该到了。沙达克会帮你安排训练计划。祝你好运！我该走了。"

"还有一件事，布丁！"阿奴吉亚及时喊住他。

"还有什么要求吗？"

"不，我只是想知道，我和空桑决斗的时候，你帮了我们一把，我和巴姆巴洛姆。"

"没错。"布丁干脆利落地承认，"我推了巴姆巴洛姆一把，他的肢体当时有些失控，我让他恢复了体力。"

"是巴姆巴洛姆杀死了空桑，还是你杀死了空桑？"

"巴姆巴洛姆怎么说？"

"他什么都不记得了。"

"那就当是天意吧，你杀死了空桑，名正言顺。你以公平公正的方式，正大光明地复仇，正大光明地成为唯一的星星的代言人，这不是很好吗？"

阿奴吉亚默然不语。

"阿奴吉亚，我了解你的意思，你希望摩尼卡不要受到银河人的控制。你眼见了事实，银河人对摩尼卡人没有敌意。我只希望你们能尽快结束内部纠纷，投入到征途中。离开这个星落，我们前方是漫漫旅途，漫长的时间足够摩尼卡人了解这点。一旦抵达，群星的聚落中有无数的星球可以居住，摩尼卡人可以选择任何无人的星球，落地生根。文明聚散，是星星间的常事，你无须为此担心。"

"万分感谢！"阿奴吉亚想不出别的词了。

"欢迎踏上星星的旅途！"

布丁走了，来去无踪，就像神灵。

摩尼卡足够好运，遇到了善良的神。

阿奴吉亚透过飞船的玻璃望着脚下。锈红色的摩尼卡星球上白云飘移，遮掩着大陆山川。

这是他出生长大的地方，也该是埋葬他的地方。

摩尼卡人会踏上星星的旅途，而他应该留在这里，和所有亲人的灵魂在一起。

他默默地祈祷。

尾 声

阿奴吉亚望着远方的山谷。

又是一个春天，成群的卡西莫兽正在山谷间游荡。

他想起了很久之前，自己就是在这座山上，望见了天上的星星，那正是一切的开端。

他从未想到过，自己竟然能够成为这片土地的最高统治者，他不过是一个卑贱的布雷塔而已，靠追踪卡西莫兽谋生。

直到星星降落的那一天。

他已经理解了更多。

神是来自另一个世界的人，他们把自己的世界称为银河。银河在遥远遥远的地方，据说光也要走上几百万年。天上的那些星星，都像太阳一样，是一个个巨大的火球，只不过距离太过遥远，才看上去成了冰冷的一点。

银河人来到这里，不过是要攫取太阳的光和热，他们是无限时空中的旅行者，摩尼卡星球不过是一个小小的驿站。然而一次造访，却改变了历史的轨迹。

阿奴吉亚甚至能够想象，如果银河人的舰队不来，摩尼卡人的生活将会永远在星星和太阳的崇拜中不断重复，直到太阳的火焰熄灭，也不会明白世界的真相。

然而，他们毕竟来了。

他们将会带着摩尼卡人一起继续那无止境的旅行，在星星间旅行。

未来的摩尼卡人就和银河人一样，是属于星星的。

他则属于大地。

阿奴吉亚伫立良久，山上风声呼啸，寒意袭体。

"阿奴吉亚，该回去了。"巴姆巴洛姆提醒他。

"多谢你陪我来，巴姆！"阿奴吉亚回答，"但是，我已经感受到了死期。"

"神说可以帮你延长寿命，你不用这么倔强。"巴姆巴洛姆劝他。

"我就担心这个。"阿奴吉亚竖起短须，轻轻摇摆，"就担心这个……"

"什么？"巴姆巴洛姆并不明白。

"也许他们能让我一直活下去，神的力量是无穷的，但是那也意味着，我离不开他们。"阿奴吉亚一边思索，一边说，"神不会在这里长久停留，他们说太阳的光芒将会熄灭，摩尼卡星球也会坠入死亡，但是他们会带走我们和我们所珍爱的一切。然而，还有什么比这大地更值得人珍爱。"阿奴吉亚坐了下来，上身挺得笔直，"所以我现在死了，正是时候，我就永远和大地在一起了。

"我的亲人们都在这个星球上，我的父亲、祖父、祖父的父亲，他们都是布雷塔，不能进入天堂，然而他们总在大地上。我不想离开他们。"

他摸了摸自己的腹部，腹部鼓鼓的，新的生命在其中悸动。

"但是摩尼卡人必须踏上通向星星的路，这是新生。"

巴姆巴洛姆沉默地站着，一声不吭。

"我的孩子就拜托给你了，我孕育了六个，你要带着他们去太空，还要帮我告诉他们关于他们的父亲的故事。把我的尸体留在这里，永恒的星会带走我的灵魂。"阿奴吉亚说着闭上了眼睛。

他感到一阵昏沉的睡意，全身似乎都开始冻结。

他能感觉腹部的皮肤开裂，暴露出体内的蛋。巨大的喜悦让他哭泣着倒了下去。

巴姆巴洛姆俯下身子，从阿奴吉亚裂开的腹部取出蛋来。洁白浑圆的蛋暖暖的，一共六个，他小心地将它们放进怀中，然后向阿奴吉亚的尸体俯身致意，站起来向着山下走去。

　　远方的天空里，银河人的巨型飞船低垂，就像一个巨大的银色贝壳。山脚下，一个光亮如镜的球形飞行器悬停在半空中。当巴姆巴洛姆走近，飞行器的门啪的一声打开。巴姆巴洛姆敏捷地纵身一跳，进入舱内。他操纵着飞行器，飞快升空，绕着这小小的山丘转了两圈。

　　大地呈现一片娇嫩的红色，中季刚刚到来，万物萌发，这正是万物生长的季节。

　　山顶上，阿奴吉亚白色的尸体很醒目。尸体很快就会腐烂，融入大地，成为万物生长的一部分。

　　阿奴吉亚永远地留下了，留在他所挚爱的大地上。

　　摩尼卡人会奔向星辰，奔向那神圣的所在。

　　我的朋友，愿永恒的星保佑你！

　　巴姆巴洛姆在祈祷中绕着山顶飞了最后一圈，然后调转方向，向着那庞然的贝壳船而去。

　　一个讯号显示在通信台上。

　　是沙达克，巴姆巴洛姆接入了通信。

　　"巴姆巴洛姆，我们已经收到阿奴吉亚的死亡信息，根据此前的决议，你将是新一任船长。"沙达克的声音响了起来。

　　"我知道了，"巴姆巴洛姆沉声回应，"我很快就到飞船上。"

"按照要求，船长必须进行基因鉴定，我留存有你的基因情报，因此这一步骤可以跳过，你的任命已经得到联合舰队总部的同意。"

"嗯。"

"另外还有一件事，需要你来决定。"

"什么事？"

"阿奴吉亚指挥官一直没有给飞船命名，他说这件事要在他死亡后由你来完成。现在你已经成为飞船的最高指挥官，所以请你来命名。"

"命名？"巴姆巴洛姆不由犯难，"难道你们不能随便给它一个名字？"

"按照舰队的传统，船长有权命名飞船。如果你坚持放弃权力，我可以请求总部为它命名。但是，用摩尼卡人的用语命名飞船，难道不是更有意义吗？"

"让我想想。"巴姆巴洛姆回答，"回到飞船上，我再找你。"

"遵命，船长。"

沙达克退出了通信。

这是摩尼卡人的飞船，应该由摩尼卡人来给它命名。然而，该叫它什么好？也许该去请教那些知识渊博的司星人。

176

　　球形飞行器已经接近母舰。透过驾驶舱望过去，母舰庞然的船体居于头顶之上，仿佛创世神灵的巨手，将一切都压在掌下。

　　母舰腹部现出光芒，那是降落舱的位置，巴姆巴洛姆调整方位，靠了过去。

　　怀中传来轻微的抖动。阿奴吉亚的蛋在轻轻地颤动，新的生命很快就要破壳而出。

　　巴姆巴洛姆心念一动，有了主意。

　　是的，飞船会有一个响亮的名字——阿奴吉亚号。

　　摩尼卡人会驾驶阿奴吉亚号驶向星海，远离这失落在黑暗空间里的星落孤儿。每一个摩尼卡人都该永远记住，星星给摩尼卡人带来了文明的火种，而阿奴吉亚是唯一的先知。

　　永恒的星落下的时刻，天堂的大门随之打开。

　　银河在上！他默念从银河人那里学会的祷告。

告别太阳的那一天

终于到了告别太阳的那一天。

无边量子号仍旧被无边无际的尘埃云包围，星光暗淡，太阳也不见踪影，然而船长告诉我，今天就是告别太阳的日子。一个虫洞会打开，无边量子号将跨向另一个时空。

这该是件被人期盼已久的事，我却有几分怀疑。

"快点开始准备吧，穿上你最好的衣服，我们要进行天空作业。"船长这么吩咐我。这个要求很奇怪，因为船上的每个乘员，都只有两套衣服而已。一套干净，一套脏点，和最好的衣服似乎都不沾边。

然而我没有争辩，只是点点头，然后走出了船长舱。

阿强在外边等我。

"他和你说了？"阿强问。

我点点头。

阿强是我最好的朋友，我在火星基地认识的他。从火星上的好望角深空探测基地出发，无边量子号就成了我们的家，两年半的旅途，我们经过了木星、土星、海王星，每一次造访行星的时刻，我们都是搭档。这一次我们要再次搭档了。

"太好了！"阿强挥了挥胳膊，"早就憋坏了，终于又可以出舱了。"

"但是这里什么都没有，根本就没有什么天体，更没有虫洞。"我说出了自己的怀疑，"而且，你不觉得船长很奇怪吗？本来他下个命令就可以了，但是他却把我们一个个找进船长舱，而交代的话又都一样……"

"你想多了！"阿强不以为然地打断我，他伸手搭住我的肩膀，"现在，我们去做准备吧，这一次，一定要得第一！"

我点点头。得第一是阿强的口头禅，或者说是他的强迫症。事实上，自从我们搭档以来，从来没有得过第一，最好的一次成绩，不过是排在二十名开外。然而，阿强得第一的信念从来没有动摇过。

阿强伸出了拳头，我同样伸出拳头。两个拳头碰在一起，随即分开，拳头张开，变成手掌再次拍在一起，啪的一声，清脆响亮。

这是我们的战前动员。

这一次的出舱行动果然和往常不一样。船坞甲板上人挨着人，至少有上百人，也许全部学员都被船长派遣了出来。

透过巨大的舷窗可以看见外边的世界，船头上时不时有辉光闪过，那是原子收集装置捕获气体分子的痕迹。稀疏的氢气云是个危险的所在，如果没有护盾保护，宇宙尘埃就会腐蚀航天服。这儿根本不适合太空行走。

太阳呢？根本看不见太阳的任何踪迹。在火星上，太阳是天空中赤色的球体，就像十厘米的距离上的一元硬币；到了冥王星轨道，太阳仍旧是最明亮的天体，虽然看上去并不比星星更大，至少也是最明亮的一颗；到了这儿，深入一团气体云中，太阳根本不可见。在这里告别太阳，感觉很奇怪。

船长的广播响了起来。

"同学们，你们都是勇敢的探险者，一路上完成了各种艰巨的任务，我为你们感到骄傲。今天，我们将进行最后一项任务，完成之后，你们将从学院毕业，代表人类踏上深空之旅。"

通信频道暂时被锁定，没有办法说话，学员们彼此间交流着眼神。我和阿强相互看了一眼，阿强向我一笑，竖起大拇指。

"这一次，指挥部并不指定特定任务。你们每两人一组，可以拥有一艘小型探索飞船，随意探索周围的空间，在任何情况下，都可以终止探索，回到无边量子号上。"

"现在，可以开始了。"

船长讲完话了。他居然一句也没有提到告别太阳的事，我正有些意外，耳机里响起了阿强的声音，"快，木头，我们不能落后啊！"

动作快的学员已经开着探索飞船出发了。

我和阿强坐进了一九七八号探索船里。

阿强熟练地操作飞船从发射舱脱离。

我们的飞船飞快地超越了一艘又一艘飞船，每次超越，阿强都会兴奋地大喊一声。

"这样飞不远。"我提醒他。

"没关系，只要能拿到第一就好。"

不过一个小时，我们的飞船就超越了最后一个目标。其实也并没有什么目标，因为所有的飞船都没有方向，大家只是随意地飞行。至少在我们的这个方向上，我们是距离无边量子号最远的一组。

"接下来该怎么办？"阿强问。他终于意识到其实并没有什么目标可以实现。

"这真是一次奇怪的探索行动。"他又说,"没有目标,我们距离母舰也挺远了。"

我点点头。

"你倒是出个主意啊!"阿强有些急了。

"我们回去吧。"我说道。既然这里没有任何东西,那么就回去看看船长怎么说。

阿强没有回答我的提议。他发出一声惊呼,"无边量子号、无边量子号爆炸了!"他的话语中带着些磕巴,显然受到了极大的惊吓。

我迅速扭头望去,果然,黑色天宇中,一团巨大的火焰正在燃烧。那正是无边量子号曾经的所在。无边量子号的信号指示也随之消失。

这怎么可能!我的心头猛然一抽。告别太阳,这是否就是船长的隐喻?他知道无边量子号会出事?

别的学员显然也注意到了这点,有几艘探索船掉头向着曾经是无边量子号的方位飞去。

"我们飞回去看看。"阿强说着就想掉头。

如果无边量子号真的爆炸了,飞回去也没什么用。

"不如关闭引擎,让飞船自己飞。"我提出建议。

"为什么?"

"我们需要时间检查一下装备，无边量子号已经爆炸了，我们的船飞回去也没什么帮助。"

"但是它万一还在呢？"阿强反问。

"那么它就会找到我们。"我平静地回答。

阿强沉默了片刻，放开了手中的操纵杆，"听你的，我先去检查一下氧气供应。天知道他们到底有没有给我们足够的氧气。"

说着，他已经起身，向着后舱移动。

一九七八号探索船凭着惯性在尘埃云中穿梭。其他探索船采用了各种各样的轨道，其中大多数，都徘徊在无边量子号燃起的熊熊火焰旁，焦急地等待消息。无论如何呼叫，通信频道始终保持静默，没有一丝回应。那只有一种可能，就是无边量子号真的毁了。

惯性飞行中，我和阿强一起检查了探索船的装备。船上有紧急冬眠舱，可以让人保持在假死状态二十四小时，而氧气的存量，其实只够两个人使用十六个小时，另外还有一件航天服，氧气配置充足，大概可以呼吸六个小时，还有简易的移动控制装置。

检查完这些，我和阿强都沉默了下来。

最多四十个小时，如果不能回到母舰，我们就死了。

无边量子号已经毁灭了，那么就算加上假死冬眠，我们活不过四十小时。

阿强苦笑了一下，"一个人冬眠，另一个人的氧气用量可以多维持些时候。"

其实那也没什么差别。在这个远离人类文明的所在，多活几个小时也不过是多一些绝望的时刻。

"你去冬眠吧，"阿强说，"我来把飞船开回去，至少距离无边量子号近些。"

"还是你冬眠吧。"我回答，"你的个头比我大，氧气消耗比我大，我在这里，时间可以维持长久一些。你说呢？"

阿强一愣，随即回答，"好，就这么定了。"虽然每一次他都像是那个拿主意的人，但是他从来都对我言听计从。他相信我，就像我相信他。在学院里，虽然我们不是最优秀的，但却是最默契的搭档。

然而就算是最默契的，剩下的时间也不过只有四十个小时。

阿强进入了冬眠。系统启动的时刻，他看着我，说："如果醒不过来，我就提前道别了。"

"不管是不是能获救，我都会让你醒过来。"我回答。

他咧嘴一笑，挥了挥手。他以为这是诀别。

我也挥了挥手。我知道这是诀别，只不过离开的人是我。

184

　　阿强没有接受过冬眠的培训，他不知道所谓的二十四小时假死状态，其实并不是说二十四小时后不苏醒，冬眠的人就永远不能醒过来。二十四小时内，人体内的氧气可以提供消耗，而超出二十四小时，只要氧气的供应不断绝，冬眠就可以一直维持下去，一年，十年，甚至一百年。只需要一个呼救装置和正确的轨道，阿强就能得到生还的机会。

　　我飞快地在控制电脑上计算轨迹，寻找让探索船环绕无边量子号残迹的可能性。

　　最后我放弃了，这没有任何可能。如果不加控制，一旦探索船燃料耗尽，只会距离无边量子号越来越远。

　　但是设计一条轨迹指向火星，这是可能的。只需要正确的加速方向，以及在正确的位置利用行星引力加速。这是一道标准的学院考题，答案是八十九年后，探索船可以进入火星轨道，并且在轨道上徘徊两年，如果还没有得到救援，飞船就会坠毁在火星上。坠毁是最糟糕的结局，也许算是魂归故土。但是火星基地的人不会迟钝到对一个不明飞行物不闻不问两年之久。他们会行动的，把阿强救下来。

　　我长长舒了一口气。

　　该轮到我行动了。为了让阿强维持冬眠到火星，必须将剩下的氧气都留给他。

那件航天服，则是留给我。

该出舱了。从飞出舱门的那一刻起，我的生命将只剩下六个小时，为了断绝临死挣扎重回舱内的可能，我打算将航天服的动力装置开到最大，远远离开飞船，飞向尘埃云深处。

我看了看冬眠舱中的阿强，伸出拳头在舱盖上轻轻地碰了碰。

永别了，阿强。换一个搭档，也许你就能得第一了。

舱门打开，我飞了出去。这将是我最后一次太空行走。

然而，眼前的情形让我吃惊。无边量子号仍旧在那里！

一时间我懵了。

航天服内的耳机重新响了起来，"李子牧，请回到飞船内。测试结束，请回到飞船内等待结果。"

这是一场测试？我不敢相信自己的耳朵。

母舰还在，我还能活下去。这简直太好了！

不知不觉间，我发现自己竟然在哭。

三十个小时后，所有飞船的测试都结束了。

这是一次全盲的虚拟测试，我们所见的爆炸，不过是投射在舱内的虚拟增强现实。船上的器具也经过精心设计，包括只容一人的冬眠舱和仅仅维持六小时的航天服。

甚至连两人的组合也经过了精心设计，只有一个人知道冬眠舱可以维持很久，而另一个只知道冬眠舱可以让人假死二十四小时。然而，进入冬眠舱的人是无法为自己设置氧气供给的，因为假死初期，过量的氧会让人中毒，让人醒不过来。

一百一十二艘探索船，七十五艘发生了争执，甚至打斗，不得不终止测试。

二十三艘船，冬眠的只管冬眠，醒着的人也并没有去设法拯救他。

还有十三艘船，什么也没有发生，两个人一起静静地等死。

只有我和阿强的船，发生了一些不一样的事。

在船长室里，我又见到了船长。

"星际旅行是高度危险的事，不仅需要专业，更需要勇于牺牲的精神，恭喜你通过了测试。"船长说。

"但是这有什么意义吗？"我问。

"当然，我告诉过你，今天是告别太阳的日子。"

我不明白，于是看着船长，等着下文。

"你将作为支援舰队的船员前往开普勒星球，投入第二地球的建设。我们会在无边量子号和无畏先驱号之间架设量子传输舱，除必要的装备之外，只能允许两名学员被传输过去。我要向你致敬，你将是人类的先驱者。"

我用了十多秒钟消化这个消息，半晌后问，"那另一名学员是谁？阿强吗？"

"另一学员由你来提名，如果你提名丁子强，那也没有问题。"

那么阿强将和我继续搭档。

一切都变得明晰起来，多年的学院生活将迎来终结，我们将如愿以偿，踏上星辰大海的征途。

"你还有两个小时的准备时间，就当是放假。两个小时后，我们会在甲板上列队欢送你们。"

我向船长敬了一个礼，退了出来。

两个小时的时间，哪里也去不了。

无边量子号启动了尘埃吸收，这被当作场景设计的尘埃云快速消散，星空显露出来。

我很快在浩瀚的星海中找到了太阳，它就像一枚发亮的大头针钉在天幕上。地球和火星太过于渺小，根本就看不见。向太阳告别，那是星海间漫游的人们唯一能够做到的事吧。

无边量子号在星海间闪闪发光。

"木头！"阿强的喊声从背后传来。

我露出微笑。

梦醒黄昏

我从睡梦中惊醒。

梦境甜蜜美妙，睡眠深沉均匀，我却醒了。冰冷的铅灰色覆盖一切，所谓现实，便是如此。

现实和梦境是两个世界，截然不同，恍如炼狱和天堂。梦境中，绫罗绸缎，山珍海味，高楼广厦，奔驰宝马，只要能够想到的东西，我都能拥有，然而我并不想要它们。我生活在一个山清水秀的地方，有一幢简朴的房子，中式古典风格，淡雅简约，但庭院幽深。开门便可见山水，那水碧波荡漾，温润如玉，几座小岛零星点缀其间。远处，两座山峰挺拔，相对而立，宛如笔架，两峰间，一道瀑布笔直落下，仿佛从天而降。左侧的山峰上刻着字：青芬。

这很像一幅山水画，却无比真实。这里是我的家。

我过着有规律的生活，日出便醒来，日落便休息。早上醒来的时候，推开门，太阳从东边的湖面上冉冉升起，金光灿烂，我走到湖边，打一套太极拳，稍事休息之后极目远望。远方，笔架山上云雾缭绕，在阳光的照射下散发着迷人的光辉，"青芬"两个字宛如染上一层金粉，熠熠生辉。我总是会驻足凝望好一会儿，直到太阳升高，云雾散去才回到庭院中去。

傍晚，夕阳西下，晚霞绚烂，我会坐在湖边的大石上吐纳，内心宁静如水。夕阳的光并不强烈，却仍旧有股暖意，照在身上，如浴热汤。暖意缓缓退去，最后一丝不剩，我睁开眼睛望着夜幕下的世界——天地朦胧，一切犹如混沌，星星显露，逐渐化出满天星斗。我的心仿佛和这满天星斗融为一体，通达那无比深邃的宇宙深处。

我的梦境便是如此。虽然是梦境，却也是真实，因为这就是人类存在的方式。我们生活在矩阵中，矩阵照料一切，生老病死，而人们所需要做的就是做梦。矩阵是全智能伺服机器系统的别称，它拥有一个主脑，主脑控制着全球十多个区域主机，每一个主机控制着数以百万计的伺服机器人。全世界最顶尖的科学家用了三十五年的时间研发主脑，把关于人类的一切知识都储存在主脑中。主脑能

满足每个人的梦，包括我的那一个。这是一个近乎完美的设计，它还有一个完美的前提，主脑和其所控制的大大小小机器人都无条件地遵守机器人三定律：机器人不得伤害人，也不得见到人受到伤害而袖手旁观；机器人应服从人的一切命令但不得违反第一定律；机器人应保护自身的安全，但不得违反第一、第二定律。我并不知道这三百年前的科幻小说中的设计如何得以实现，然而科学家确实实现了它。于是人们放心地把一切交给主脑和它所控制的庞大体系，安然地享受美梦。这里没有高低贵贱，没有辛苦劳作，没有苦难，只有美梦。这是人类从古到今最完美的文明巅峰。

唯一的不便是人们偶尔会醒来。醒来的时候，会发现身处狭小空间，身上满布管线。如果他曾经见过木乃伊，会恍惚间以为自己正附身在一具木乃伊上。冰凉、寒冷、孤独，温暖而美满的世界一瞬间不复存在，仿佛被活活埋葬在坟冢之中，惊慌和恐惧无法言表。当然，这样的情形不会维持太久，也许几秒钟，人就可以重归梦境，如果几分钟后仍旧没有入睡，会有一个柔和的声音问你，是否需要帮助重回梦境，如果回答"是"，就会感到一阵深重的睡意袭来，不由自主地睡过去。

如果回答"不是"？

我不知道会如何，因为我从来没有这样回答过，然而这一次，我想试一试。过去的三十天里，我经常在梦境里做梦，每一次，我都会在黄昏的夕阳下看到一个红色的玻璃房，房子里有一个圆柱，就像一个硕大的易拉罐。罐子上写着字，我试图看清它，然后就醒了。不是回到我的梦境中，而是直接回到现实。连续五次，都是如此，这必然有些古怪。这是我第六次醒来。

现实在召唤我，它把我从意识深处召来。那就留在这里，看一看会发生什么。

望着眼前铅灰色的一片，我久久不动。当机器问我是否需要帮助重回梦境，我稍稍犹豫，然后说"不用"。声音沉默下来，什么都没有发生，我的眼前仍旧是那片铅灰的色彩，身下冰凉寒冷，而身上的管线仍旧如裹尸布般将我紧紧地缠住。

渐渐地，我听见自己的心跳声。我仿佛正经历着漫漫长跑，而体力已经抵达极限。

"渴，我渴死了！"我大声说。

"您的身体指标变化，正在为您进行调整，很快就可以达到平衡。"柔美的女声回应我。

然后又是沉默。

我感到身体变得温暖，浑身是劲，就像晒够了太阳的鳄鱼一般，需要动一动。思维也变得活跃。忽然间，我意识到，机器正看着我，它不出声，只是因为它是一个伺服系统，如果我的生命没有受到威胁，我也没有迫切的要求，它只能伺服。

"我要出去走走。"我大声说。

"您是否需要回到梦境中？您可以在任何环境中走动。"女声回答我。

"不，让我离开这里。"我环视着这小小的盒子，均匀的质地让我看不出哪儿是盖子，"我要离开这个盒子，到外面走走。"

稍稍沉默之后，女声响起，"您的要求可以被执行。但是否可以告知您的理由？您对梦境不满意吗？"

理由？我不由得一愣。为什么我坚持醒着，而且要到外面去走走？我也想不出一个合适的理由，外边的现实世界没有什么精彩的地方，在归化到主脑梦境之前，人们都龟缩在城市的高楼大厦间，龟缩在一个个格子间里，从窗口放眼望去，触目所及，都是飞快奔驰的自动机器，或者是另一边的高楼大厦格子间。楼宇间露出狭小的天空，呈现朦胧的红色，那是城市防护罩的颜色。巨大的玻璃罩将城市包围，牢牢控制着天气，没有灾害，也不会有惊喜，更不会有赏心悦目。与梦境相比，单调，沉闷，糟糕至极。

"让我出去。"虽然说不出理由，但我一而再、再而三地醒来，现实世界在召唤我，去看一看，并没有什么坏处，因此我坚持自己的要求。机器会同意的，三定律会迫使它同意。

"好的。我会为您做好准备。您的身体状况可以允许您在无保护环境下正常活动十个小时，如果有剧烈运动，持续时间会相应减少。这样是否可以？"机器问。

"很好。"我回答。

"另外，您是否需要衣物？无保护环境可以允许您裸体活动，但如果您需要衣物也可以给您准备。"

于是我意识到自己不着片缕。在外边的世界里，不会有一个人看见我的身体，因为所有人都生活在盒子中，都沉浸在梦境里。在外边的世界里，除了机器还是机器，它们是异类，人类的躯体是否裸露于它们而言毫无意义。我也并不需要衣物来保暖，机器能控制温度，比伊甸园还要舒适。这似乎是一个多余的问题，然而它还是问了，我还是答了。

"给我一套衣服。"我这样回答。

"好的。"机器愉快地回答，"您的衣服将在二十分钟内送到。祝您愉快！"

二十分钟的等待显得漫长无比。我百无聊赖，只是看着一根又一根的管线从身上抽走，逐渐暴露出我的身体。我仍旧保持着良好的健康状态，伺服系统并不欺骗人，它严格地遵守着机器人三定律，因此，身体的形象在梦境中如何，在现实中也同样，机器能够通过合适的营养和激素让身体符合预期。当然，你不能指望那些胡思乱想的梦想成真，比如长出一对肉翅，像鹰一样在天上飞，那被划入幻想生物一类，在梦中也是确定无疑的幻想，只有天使才能拥有。我常年锻炼，身体结实，只是皮肤显而易见已经有些松弛。老了！自然之力不可抗拒，哪怕矩阵也无能为力。

我忽然想到一个严肃的问题。

"我还有多久的寿命？"我问。

"根据您的基因损伤情况估计，您还有六年的预期寿命。"

六年！我的生命竟然已经快要走到尽头。初入矩阵，主脑说我还可以活六十年。不知不觉，半个多世纪已经过去。

"我在这里多久了？"

"您进入矩阵六十二年七个月，和您在梦境中经历的时间相同。"

"哦，你们的技术进步了。"

"是的，我们把人的平均寿命从一百二十岁提高到了一百三十二岁，按照人类正常的新陈代谢速度，这接近生物极限。远景目标，我们会通过辅助细胞修复的方法在本世纪内把人类的平均寿命提高到一百六十岁。"

"要多谢你们的精心照顾。"

"为人类服务，是我们的终极目标。"

最后一根管子从身上抽走。所有的管线都消失在四周的壁上，眼前铅灰色的一片逐渐变得有些透明，依稀有些光透进来。盒子似乎正在上升。我突然有些紧张。六十二年，外边的一切是否还和当初一样？我会遭遇些什么？

"喂！"我和机器说话，"到了外面，我要如何找到你？"

"我们会确保您的安全。"机器回答，"会有机器人跟着您。"

我暗暗松口气，感到踏实了许多。

"你是谁呢？你是主脑吗？我怎么称呼你？"

"我是东亚主机。您叫我东亚主机就行了。"

东亚主机，这不像一个名字。机器无所谓名字，它们不过是一个代号。

盒子的温度在升高，它在软化。慢慢地，它像液体一样流动，自下而上，有一台机器正在外边将它吸走，吸嘴处形成一个小小的旋涡。我目不转睛地看着，小小的旋涡就像一只眼睛，正盯着我。这是东亚主机的眼睛吗？

当旋涡停止转动，我看见了盒子之外的天空。天空呈现出些微红色，仿佛没有云彩的傍晚，太阳刚落下山时天空的样子。

这样的情形唤醒了我的回忆，这是现实的天空，永远如此，一成不变。到了今天，它还是如此。盒子自动打开。我坐起身，四下张望。

这里是一个奇怪的地方，透明的玻璃穹顶之下空空荡荡，仿佛一个巨大的暖房，专门为我而设。左手边有一个架子，架子上挂着衣服。我站起身，走过去，拿下衣服，利索地穿上。忽然间我的动作迟缓下来。在衣角上，我发现一个大写的J。这是绣上去的字母，歪歪扭扭，并非娴熟的手工。这是我的衣物！我低头打量自己，浑身上下的衣物看起来都很眼熟，没错，这是我归化入梦之前的衣服，矩阵替我保存了下来。我的心头感到一丝暖意。

歪歪扭扭的字母J仿佛提示着什么，我默默地捻着它，粗糙的线脚有些松动。J是我名字的首字母，除此之外，我什么也没想起来。我一定是忘了什么重要的东西。岁月是一把杀猪刀，每个人都是砧板上的肉。面对杀猪刀，肉还有什么可说？我放弃了徒劳的挣扎。

"东亚主机，我该往哪里走？"我大声问。

"您可以向任何地方走。这是您的自由。"东亚主机回答。

"门在哪里？"我不得不问得更直接些。

话音刚落，玻璃穹顶仿佛莲花花瓣一般缓缓散开，下降，最后收缩到建筑里。玻璃罩之外还是玻璃罩，我的面前便是笼罩着城市的巨物。天顶上，微红的玻璃散发着柔和的光，洒落下来，舒服极了。极目远望，玻璃罩在远方落下，和地面相接，那里是城市的边界。

我很快明白了自己身在何处，这是城市的最高处，最接近天顶的地方。俯瞰下去，城市的高楼一幢接着一幢，从脚下排列到远方。高楼仿佛一个个小小的火柴盒，或者是巨人的玩具模型。城市里并没有记忆中的热闹。曾经穿流如梭的机器销声匿迹，只留下一片寂静。恍然间有种错觉，我仿佛身处坟冢之中，亡灵都蒸发了，而我是最后剩下的那个。微红的光线渲染一切，寂静的玻璃钢铁丛林透着一种波澜壮阔的美丽，仿佛凝固的乐章一般展示着这个城市曾经拥有的生命力。

东亚主机把我放在城市之巅，也许在这里，可以向城市投去最快的一瞥。但这并非我想看的东西。

"我要下到地面去。"我说。不知道听众在哪里，但矩

阵无处不在，它一定听到了我的要求。

一分钟后，我听到细微的声响。一个几乎完全透明的箱子在眼前升起，一扇门打开，我走了进去。当它开始移动时，我才注意到脚下空荡荡一片，这箱子的底部也同样透明，令人眩晕的高空图景让我本能地感到恐惧。我情不自禁地把身子靠在箱壁上，双手不住舞动，希望抓住什么东西。

"对不起，让您受惊了。"东亚主机的声音响了起来。透明的玻璃底瞬间变成纯黑的颜色，然后变成地毯花纹。我松了口气。

透明箱子是一部高速电梯，没有任何缆绳和牵引系统，它似乎沿着不确定的轨迹飞行，从一幢幢大楼间掠过，快速下降。忽然，我看见一幢奇特的塔楼，塔楼上似乎陈列着一具具白花花的尸体，塔楼一掠而过，我没有看清。

"嗨，刚才那个楼。"我慌忙呼叫东亚主机，"我要过去看看。"

电梯停下，原路退回。于是我再次面对着那奇特的塔楼。

楼至少有六百米高，就像一个巨大的玉米棒一般矗立，一个个小室，仿佛一颗颗饱满的玉米粒般依附其上。

玉米粒晶莹剔透，每一个颗粒中都有一个人体，仿佛陈列品一般展示着。他们身上只有很少的管线，可以看到清晰的裸体。他们还活着，还在做梦。

"这是做什么？"

"每两个月，人体需要接触光照两小时。"东亚主机简明地回答。那么我也曾经被这样展示在这里，吸收阳光。被展示的人们表情平静，他们都沉浸在美梦中。机器的照顾无微不至，如果人们并不曾意识到这陈列品般的世界，一切就完美无缺。矩阵提供的梦境正是如此，完美无缺，以至于人们根本不愿意睁开眼睛，哪怕片刻。

我看到许多人，有男有女，有老有少，甚至还有婴儿。我忽然觉得有些纳闷，"哪里来的婴儿呢？"

"主脑按照需求制造婴儿。"

"主脑为什么要制造婴儿？"

"人类的平均寿命只有一百三十二年，如果没有婴儿，人类会全部死亡。"

"那又如何？"

"如果人类全部死亡，矩阵的存在也就失去了意义。"

我恍然大悟。对于矩阵，人类是不可缺少的部分。它的全部意义，就在于维持人类的美梦，为了继续存在下去，它必须制造人类，一代又一代，千代万代以至永远，直到地球毁灭，太阳消失，甚至银河沉寂，宇宙坍缩。我突然感到一丝怜悯，这样的机器，似乎是一种过于卑贱的存在。

电梯载着我降落地面。我回头望着那高高矗立的"玉米棒"，赤裸的人体成了看不清的小小白点，仿佛玉米的胚芽。我感到胸口发堵。人和矩阵，很难说得清谁更卑微。也许当这样的一个系统被天才的科学家和工程师建立起来时，宿命便悄然而至，谁都不再是主人，剩下的只有活着而已。

我在空无一物的街上缓缓行走。从街边的某处突然涌出一个圆滚滚的物体，轱辘般滚到我的跟前，忽然伸出了头和四肢。这是一个机器人，它看上去像是浑身滚圆的玩具狗。

"您好，我是您的服务员，我会跟着您，保护您的安全。"

我看着这"玩具狗"，感到一丝滑稽。不过，它是一只机器狗，也许有不同的本领。

"你叫什么？"我问。

"我叫库克。"它摇头晃脑地回答。

库克。这是一个奇怪的名字，在这东方城市，尤其如此。不过，这至少比东亚主机这样的称呼让人感到更正常些。

"库克，东亚主机呢？"

"我会接受东亚主机的指令，您也可以把我当作东亚主机的接入点。"

"你有些什么本领？"

"我有十万马力，七大神力。"库克很高兴地回答，"我可以像火箭一样飞……"

"好吧，等我需要看到的时候，我会看到的。"我打断它。我依稀记得十万马力、七大神力这样的描述属于一个叫作木童的儿童机器人，而眼前分明是一条机器狗。

库克马上不再说话，只是默默地跟着我。

有了库克的陪伴，一路上显得不那么沉闷，至少，我能听到库克的脚步声。它会时不时跑开，去玩它感到好奇的东西。除了模样，它就像一条真正的狗。

漫无目的地在城市里闲逛两个小时后，我来到了中央大道。走得有些累，我在街边的长椅坐下。长椅上一尘不染，在这座被保护的城市中，一切都很干净，哪怕经过了半个多世纪，仍旧崭新。

库克在不远处玩耍，它试图爬上一个巨大的铁球，却总是摔下来。忽然，它放弃了玩耍，跑到我面前，"主人，东亚主机让我问一问，是否该重回梦境。"

"不。"我干脆利落地回答。

"您想看到些什么呢？"库克有些好奇，"如果您有特别的目的地，我可以带您过去。"

"我也不知道。"我很诚实地回答，面对一只可爱的会说话的小狗，你很难有警惕之心。库克也不多问，跑开继续去爬铁球。

我默默地看着库克的表演，过了一会儿，移开视线。街两旁高楼大厦鳞次栉比，所有的大楼似乎都长着同样的模样，钢铁的架子，玻璃的皮肤，它们彼此间也许有些不同，然而我的大脑拒绝对此予以评论。于是麻木的目光漫不经心地扫过这些高楼，只留下关于钢铁和玻璃的印象。笔直宽敞的道路仿佛一条划痕，直直地穿过整个城市，最后消失在天地相接的地方。我眨了眨眼，盯着那边。

道路直抵城市的边缘，那遥远的地方，沉重的天空直直地落地，仿佛一堵巨墙般将一切隔绝在外。这情景让我不由地想起梦中的梦，在那梦里，我看见了一间红色的玻璃房。这高高在上的天幕，不正是一间玻璃房？我不由地站起身，向着那微微发红的巨墙走去。库克发现我离开，赶紧跟了上来。

我沿着笔直的道路前进，感到一丝兴奋。什么东西会在那儿等着我？我不知道，但我知道，那儿有东西在等我。

库克跟着我走了一小段，它明白我想沿着道路一直向前，"主人，那儿什么也没有，您一定要继续走吗？"

"我要过去看看。"

"但是走到那儿需要三个小时，您的身体情况表明，最好避免这样长时间的持续运动。"

我不怀疑库克的好心，然而，我沉睡了近六十三年，一朝醒来，不是来看风景的，而是来寻找某个东西的。它唤醒了我，它在召唤我。哪怕耗尽所有的力气，我也要看一看，那到底是什么。我继续坚定地向前走，没有丝毫改变主意的迹象。

库克见劝说无效，也不再言语，只是默默地跟着我。

三个小时的路程，我用了两个半小时便赶到了。越靠近天地相接的地方，巨墙显得越发庞大。我走到墙角，抬头望去，巨墙高高耸立，在高处向着天顶的方向弯折，似乎随时都可能倾倒。巨大的威压感让人不安。墙体闪烁着玻璃的光泽，伸手摸去，无比光滑。

这便是梦中的红色玻璃房？

回头张望，来时的路笔直。高耸的楼宇林立，在微红的玻璃天空下散发出现代城市特有的质感，干净整洁，线条清晰。我却觉得格格不入。这不是我该归属的地方。

　　有意无意，我向着玻璃墙外张望。厚厚的玻璃墙并不清澈透明，它有一种浑浊的质地，让一切看上去仿佛笼罩在雾中，什么都看不清。然而，至少还可以看见一些轮廓。城市之外的风景沉浸在模糊中，只露出后现代艺术一般的轮廓，也如后现代艺术一般在我的心中毫无波澜。

　　然而当我的视线碰触到其中一个轮廓，却心中一惊。那是一座模糊的山峰，呈现出笔架的形状。笔架山，那是我每天都可以看见的东西。它在我的梦中，也在现实中，这不是巧合！

　　"库克，那是什么地方？"我指着那边问。

　　库克望了望我所指的方向，"我不知道。那是城市之外的地方，我去问问东亚主机。"很快，它给出答案，"那里叫作笔架山。"

　　这是一个比空白稍好一些的答案。

　　"那儿有什么？"

　　"所有的城市之外的地方都已经被废弃。那里是野地，没有人工的东西。可能会有一些遗迹，东亚主机也没有这些信息。"

　　是的，它们消除了一切。城市之外只剩下荒原。人类收缩在城市里，在一个看不见的世界里过上五光十色的生活，地球则还给了自然，万物蓬勃生长，生命在这个星球上自由繁衍，这是人类与地球最和谐的生存方式，最小的空间，最少的索取，自然母亲因此得以休养生息。我记得这样的景愿，归化运动开始之际，他们就是这么说的，我也是这么说的。

"我要去看看。"我说。

库克露出惊恐的表情，"这绝对不行。外边不安全，我们不能把您的生命放置在一个危险的环境里。"

"你是机器人，要服从我的命令。"

"是的，但是您的命令违反了安全原则，机器人第一原则。"库克摇头晃脑，"我不能这么做。"

"你没有违反任何原则。外边是人类生存过的世界，我的生命不会受到任何威胁。"

"情况空白，风险巨大。"

"听着，我们的祖先一直生活在外边的世界里，我也在外边的世界生活过，这影响不了我。"说完这句，我忽然有种微妙的感觉……城市之外的生活……我全然记不得那里曾有过怎样的生活，然而，我一定曾经逃离城市，在外边生活过。我不由得回头望了望刚走出来的城市。

库克并不回应，它眨动眼睛，似乎正在考虑我的话。过了一会儿，它开口说话，"无法判定，无法支持请求。"

"我要出去。"我仿佛赌气一般大喊，"连这个小小的要求也做不到？这就是你们宣称完美的矩阵？主脑呢？问问它，能不能做决定。"

说话间，库克忽然收缩成了一个圆滚滚的球。我一愣，随即明白过来——库克无法承受我的不满，这是一种巨大的压力，它既不能遵从我的指示带我到外边去，也无法无视我的愤怒，而东亚主机也没有给它任何指示，于是逃避成了最佳选择。库克已经躲藏起来，剩下的只是一个传声筒，和东亚主机对话的机器。

"我会请示主脑，请您稍候。"东亚主机说。

"告诉它我要出去，机器人没有权力阻挡人类做想做的事。"

"我们不能看着人把自己放置在危险境地里而不采取行动。"东亚主机重复。

我没有兴趣继续争论，"问问主脑，它怎么能不让我出去！"

东亚主机很快带回了主脑的回答，"为了保护您的生命，必须留在隔离罩之内。在隔离罩内，您可以随意活动。"

我望了望那笔架形的山峰。那是我想去的地方，我把它带到了梦里。它就在不远处，然而隔着厚厚的玻璃墙，又变得遥不可及。保护生命，我无法想出比这更好的、可以限制自由的理由。猛然间，我有了主意。

我拿头狠狠地砸在墙上。额角破损，鲜血直流。我又使劲磕了两下，脸上都是血。

"让我出去，不然我就死在这里！"我大声叫嚷，为了显示决心，又在玻璃墙上磕了两下。额角上钻心的疼痛，然而我奋不顾身。

东亚主机似乎被我的行动吓到，不断地重复，"请您不要这样。请您不要这样！"

"让我出去，否则我就死在这里！"我继续威胁它。

"我正在请示主脑，请您保持冷静，不要伤害自己。"东亚主机用近乎哀求的语气说。

"我要出去！"我大声吼叫，又在自己的伤口上撞了一下。伸手一摸，湿乎乎一片，满手都是血。

库克忽然伸出了头和四肢，"主人，您可以蹲下，我来给您止血。"它靠在我的脚边，抬着头，一双大眼睛望着我，看上去可爱得让人无法拒绝。我做出足够疯狂的样子，一脚把它踢到一边，"别给我来这套。不让我出去，我就死！你们不采取行动挽救我的生命，你们不配做机器人！"我像一个疯子般嘶声竭力地喊叫。我知道，此刻唯一能够利用的东西，就是机器人三定律。我只希望它们不会采用另一种方式来解读第一定律，给我一针麻醉剂，然后把我送回梦境中。我表现得像个疯子，心里却七上八下，忐忑不安。

"您可以出去。"东亚主机终于说出了我想听到的话，悬着的心顿时安顿下来。

"我会让库克保护您的安全。但是，外边一切未知，充满危险。"

"真的有危险了，再来保护我吧。"我冷静地说，"现在送我出去。"

"库克会给您止血，然后，它会领路带您出去。"

库克被我一脚踢出老远，它在远处翻了个身，站着，看我接受了东亚主机的安排，便跑了过来。

"主人，您可以蹲下，让我能够得着。"

我蹲下，库克伸出舌头，在我的伤口上舔着。它的舌头有神奇的力量，我的血流马上止住，伤口有些暖暖的感觉，微微发痒。

我跟着库克沿着墙角走着。走出不远，一部电梯正露出地面。电梯敞开，库克带着我走了进去。

然后是漫长的三分钟。电梯不断移动，时而向下，时而平移，时而向下，最后，它一直向上，向上，缓缓减速，最终停了下来。

门打开。库克再次看着我，"主人，您确定要出去吗？

外边的世界对人的生命来说很危险。我们现在回去，完全没有任何危险。"

"都已经到了这里，当然要去看看。"我说着走了出去。库克跟上来。

电梯悄然下降，最后消失在地面之下。我站在一个空空荡荡的所在，城市的玻璃巨墙至少在百米之外，静静地横在那儿，把世界隔绝成两半。城市在玻璃墙内，就像玩具一样漂亮。太阳在玻璃房后边，透过玻璃，成了一个红彤彤的圆球，可以直视。童话的世界也莫过于此，我向这童话般的世界投去最后一瞥，转身向另一个方向望去。

它就在那里！笔架山就在不远处，高高耸立。蓝天一碧如洗，山上林木葱郁，生机勃勃的蓝天绿树映入眼帘，一种冲动在内心燃烧起来。我向着笔架山出发。

一条荒弃的公路指引着方向。公路的缝隙间，杂草丛生，路面风化得厉害，也许再过半个世纪，这道路便会痕迹难寻。我沿着公路向前走。很快，公路进入山区，变得曲折，道路两旁都是茂密的树林，树枝在道路上空交错，遮蔽了阳光，显得无比幽暗。

路旁的树丛中忽然传来哗啦的响声。我猛然一惊，扭头望去，只看见一个黑影闪过，消失在树丛中。

"主人，不用怕，我会保护您的安全。"库克显得很

勇敢，它走到我前面，两眼放射出光线，给我照亮道路，"如果您发现危险，就躲在我身后。我会保护您的。"它边走边说。

库克的确是一条可爱的机器狗，然而机器狗的能力不能用外表来衡量。我相信它的力量超过这林中任何凶猛的野兽——如果那真的存在。库克对黑暗中的一切都无所畏惧，我放心地跟着它继续向前。

我们在光线幽暗的通道中走着，厚厚的落叶积在地上，踩上去松软无比。忽然间，库克猛然掉头，一道红光从我眼前划过，身后传来重物落地的声音。我回头一看，一段烧焦的树枝落在地上，头顶上传来异常的响动，抬头看去，一片昏暗，只在树枝的缝隙间有东西在快速移动。

库克没有丝毫犹豫，抬头，再次射出一道红光，枝间传来一声惨叫，一个黑影掉落，落在公路旁的树丛里。

那是一个人！我听到的是人的叫喊。我快步跑上去，想看看落下来的到底是什么。库克的动作比我快得多，它跳了两跳，就站在了那东西身边。不等我开口，它的双眼从白光转为红光，两道粗大的光柱仿佛烈火般将落地的东西烧了起来。我听到痛苦的号叫。那绝对是一个人！

号叫声只有短短几秒。等我到了库克身后，一股刺鼻的焦臭味迎面而来。眼前是一具尸体，被库克烧成了焦炭，惨不忍睹。那毫无疑问是个人！

"你怎么能杀人？"我大声地叫嚷起来，这违反了机器人三定律的行动让我心生恐惧。人的生命和机器相比，实在太脆弱，如果它们能突破机器人三定律，那就是人类的末日。

"主人，这是为了保卫您的安全。"库克仍旧摇头晃脑，一副讨人喜欢的样子，"它刚才对您进行了攻击，我必须彻底消灭这种可能性。"

"他是人，你杀死了一个人！"我咆哮着，"你违反了机器人三定律！"

"它不是人。"库克很轻松地说，"它属于动物，和机器人三定律毫无关系。"

我顿时愣住，满腔的恐惧和怒火消失得干干净净。我突然陷入深深的思索中，以至于长时间一动不动。

人？非人？我想起了这样的讨论。机器人三定律本身被嵌入主脑的硬件和算法之中，然而一切都基于一个假设：机器人能够正确地识别人。逻辑准确无误，一旦前提错误，一切都会被导向错误的方向。机器人辨认人类，唯一的证据是 DNA。如果没有 DNA 确认，那便不是人。这是一个无奈的设计，因为从前的世界上到处都是类人机器人，无法依靠外形甄别。这显然也是一个漏洞，真正的人

可能遭到误伤。

城市之外居然还有人，这是我从未预料的情形。我一直以为，所有的人都已经归化在矩阵中。然而，看起来六十多年前的情形仍旧在延续，甚至变得更糟。很多人生活在矩阵之外，巨大的城市玻璃罩将世界一分为二，里边是梦境世界，外边则是一个原始世界。主脑排除玻璃罩之外的一切，对它来说，荒野里所有的生物都是非人，因为那些东西从来不曾在它的 DNA 库中存在。

"检查他的 DNA。"我命令库克。

"我不能对死去的东西做 DNA 检查。"库克拒绝执行我的命令。主脑显然对这样的情形可能引起逻辑瘫痪早有准备，它指令机器人不得触发相关事件。也许这比机器人三定律的优先级更高。

我默默走开，继续向前。库克赶在前头给我开路。我们很快走出了林荫道，进入一片开阔的山坡。库克突然跑了起来，它跑上一个高高的土坡，向着远处张望，显得非常警惕。我跟着走了上去，顺着库克的视线望去，我看见一片奇怪的建筑。那是几个窝棚，用树枝和茅草搭成，简陋至极。窝棚外挂着几件衣物，有人正在走动。刚才死掉的那个人，也许就属于这里。

"不要打扰他们！"我赶紧对库克说。

"可是，主人，它们挡住了去路。我已经要求东亚主机派遣支援。"

"什么支援？"我有一种不详的预感。

话音刚落，尖厉的嘶叫声从头顶一掠而过。两发巡航导弹准确无误地击中了窝棚，腾起巨大的火光和烟尘，隔着老远，也能感受到那灼人的热力。烟尘散尽，小小的村落不复存在，只剩下一片焦土。两个巨大的弹坑冒着袅袅青烟，触目惊心。

我愤怒地向着库克狠狠踢去。它灵巧地闪开，站在不远处。

我不想理睬它，快步走下山岗，向着那片废墟跑去。我跑得气喘吁吁，最后在弹坑边站定，不住大口喘气。眼前除了弹坑，什么都没有。

喘息缓缓地平静下来，我长长地吁了一口气，活生生的几个人转眼间蒸发得一干二净，这过于残酷，以至于我的脑子里一片空白。忽然间，我发现弹坑对面，一个衣衫褴褛的小男孩正站在那，隔着弹坑看着我。他似乎被刚才的爆炸吓傻了，两眼茫然，直勾勾地看着我。

"不要动他！"我向着跟过来的库克大叫，"不要动他，他没有威胁。你要服从命令。"

"只要它对您没有威胁，我当然会服从您的命令。"库

克回答。

我冲过弹坑，和孩子站在一起。他六七岁的样子，个子只到我的腰部，衣衫破烂不堪，脸上脏兮兮的都是泥巴。他就像个小叫花子般站在我眼前，怯生生地看着我。我一把将他搂在怀里。

库克跟上来，站在一边，饶有兴趣地盯着我和孩子。孩子看见它，露出好奇的眼神，想伸手摸它。我一把抱起孩子，不让他碰到库克。

"主人，虽然它看上去没有威胁，但是小心一点，还是把它消灭掉。"库克说。

我瞪了它一眼，"说过不要碰他，你听到我的命令了吗？"

"我当然会遵守您的命令。"库克回答，它始终看着孩子，大大的眼睛似乎清澈透明。

"你叫什么名字？"我问孩子。

"我叫乐乐。"他一边回答，一边张望，"我家就在这里，可怎么不见了。妈妈，妈妈……"他说着哭了起来。

我不知该如何安慰他，只有轻轻地拍着他的背，让他平静一些。

乐乐的哭声渐渐地停下。我找了块大石头，把他放在石头上。我倚靠着大石，思考下一步该怎么办。

抬头，高高的山峰就在眼前，我不能在这里停下。

"乐乐，你要跟我一起走吗？我要去前边看一看。"

"不，我要在这里等爸爸妈妈。"

孩子还没有明白，他的父母永远不可能再回来了。"我带你去找妈妈，好不好？"我接着说，下意识地摸了摸口袋，没有任何可以吸引小孩的东西。

"妈妈就在这里。"乐乐仍旧不肯放弃。

"这样好不好，你跟我去前面看看，然后再回来。你一个人在这里不安全。等会儿回来了，说不定妈妈已经在这里了。"

乐乐露出犹豫的神色。

"库克，跳一段舞。"我对着库克说。

库克跳起舞来，欢快的音乐在弹坑边回响，滑稽的舞姿很快吸引了乐乐的全部注意力，他很快破涕为笑。

"我们走吧。"我拉着乐乐的手，"我们去前边看看，然后就回来。让机器狗陪着你玩好不好？"

乐乐突然警觉起来，"不行，妈妈说过，机器人都是坏蛋。"

我看了看库克，可爱的小狗仍旧在跳舞。是的，它们都是坏蛋！它们毫无怜悯地剥夺了这些人的生命和家园，仅仅为了确保我的安全。这么说起来，我也是个坏蛋。或

者我并不是坏蛋，只是一个好运的人，六十三年前就归化
到了矩阵中，因此它们保护我。

然而我不能就此赞同乐乐，"它不是机器人，它是机
器狗，它是一个玩具。"我这样说。

乐乐有些将信将疑。我把他放下来，"走吧，没事
的。"我拉着他继续向山上走。

"我不去那里！"乐乐挣脱我的手，"那里是死人的
地方。"

我的心咯噔一下。

我回头望了望。远方，笼罩城市的巨型玻璃罩仿佛
一颗红宝石般发亮。太阳斜斜地挂在低空，被一些云彩遮
挡。时近黄昏，天色有些阴暗。

"乐乐，不要怕。我和机器狗会保护你。现在天快黑
了，如果你妈妈不在，留在这里会很危险。跟我一起走，
我会把你送回来。"

我终于带着乐乐上了路。他毕竟是个孩子，很快便忘
了一切，开心地和库克走在一起。库克也仿佛成了一只真
正的小狗，不断和乐乐嬉戏。如果不是刚刚经历了两次血
腥杀戮，我会以为这是世界上最美妙的一刻。事实正好相
反，于是眼前的情形便荒谬绝伦。我怀着复杂的心情看着
他们亲密无间地并排走着。

残破的公路也有尽头。眼前的路忽然间变得陡峭，从公路变成了石阶。一个牌坊般的建筑高高地立在石阶开始的地方。"乐山公墓"，牌坊上的几个字仍旧清晰可辨。乐乐说得没错，这里是死人的地方。放眼望去，山头上大大小小的墓碑林立，荒草丛生，墓碑都没在荒草丛中，只露出一个个碑顶。陡峭的石阶在碑群中蜿蜒向上，一直抵达半山腰。

我曾经来过这里。隐约的记忆正向我招手，我的心情微微有些激动，仿佛面对一张谜图，探索良久之后终于要揭开它最后的面目。

"乐乐，跟着我！"我招呼孩子，然后身手矫健地向着半山腰爬去。

某种记忆的痕迹指引着我，我几乎不假思索地在山道上走着，几个拐弯之后，我站在一座墓碑前。

这是一个双穴，两块墓碑并立，正如笔架山的形状。我仿佛停止了呼吸——这才是真正出现在我梦中的东西，我每天都面对着它，却惘然不知。碑上的字被杂草掩盖，我蹲下身，伸出颤抖的手，拨开杂草。

"爱妻青芬之墓"。当我看清碑上的字后，两行热泪便夺目而出。我已然不记得任何东西，悲欢离合，喜怒哀乐，甚至她的音容笑貌，然而一股悲意从心底腾起，无法

抑制。我抱着墓碑恸哭。

哭声带出一些回忆。

"生则同衾，死则同穴。"我想起自己当初是这么说的，然而她拒绝了。

"你要好好地活着，别忘了我们的约定。"她说。

是的，我不能忘记的约定。我终于明白自己为什么要到这里来。我使劲地扒开墓碑前的荒草，很快就找到了想看到的东西。锈迹斑斑的铁板盖在地上，上面有字：全智能伺服系统第七十二监测点。我使劲拉开铁板，一块白亮的铁皮露了出来。

"库克，到那边帮我放哨。"我命令库克离开。它顺从地走到了远处，一个无法直接看见我的位置上。

我把手按在白亮的铁皮上，这是一个身份验证系统，它正核对我的 DNA。核对无误，铁皮下传来一股气压泄漏的声音，随后，某个东西缓缓从地下升起，最后完全暴露在我的眼前。乐乐看得目瞪口呆，不由地紧紧拉住我的衣角，贴在我的身上。我伸手搂住乐乐，两人一道看着眼前奇怪的金属罐。

是的，我的梦得到了完全的应验。就在这里，就是它！金属罐缓缓旋转，就像一个巨大的易拉罐，似乎正向我展示它仍旧完好无缺。

六十三年前，我亲手把它埋在这里，直到今天，我又亲手将它取出来。世界仿佛经历了一个轮回，回到了原点。

六十三年，恍然如梦。

"这是什么？"乐乐轻轻地问。

我没有回答，只是默默地将金属罐取下。罐子沉甸甸的，加工精密，充满强烈的金属质感。罐身上写着字。

2264 年 7 月 4 日，观察员 J。

那是手书的字，临时写上去的，仿佛刚刚凝固。那是我的字迹。

罐子上还有别的字，刻在罐身上——"矩阵系统机动监控点""人工智能联合研究院中国所监制""No.1991"。

这是一个时间胶囊，它穿透时光而来，在这里等着我。里边会是什么？我异常迫切，又有些惶恐。

我按下开关，盖子弹出。罐中有一个仪表盘，一张纸。

我缓缓将纸展开。

　　J，如果你读到这封信，那证明你已经从矩阵里走出来，我们对所坚持的东西念念不忘。很好，那就履行职责，投出你的一票。记住，你在给两个人投票，而不是你一个。

　　青芬说要我好好地活着，我答应了她。希望你看到信的时候，已经垂垂老矣。我相信，虽然在矩阵的美梦中度过了五十年，当你看到这封信时，仍将陷入无法自拔的悲恸。这两年来，我夜不能寐，每每念及青芬便向隅而泣，我无法好好活着。因此我要求主脑抑制记忆，让我能生活在平静中。除了忘记，我实在想不出其他方法，可以让我继续好好地活下去。我答应的，便要做到，然而，我又如何舍得忘记？

　　我只能让主脑根据DNA状况预测生命，在接近生命终点的时候，将记忆抑制消除。你会想起一些东西，也可能想不起任何东西。一切只能听命运之神的安排。但是我相信，你一定会到这里来，读到这封信。

　　对于你我，这五十年的光阴并不重要，重要的只是开始和结束。执子之手，与子偕老。当我失去青芬的时候，世界对我已经完全失去了意义。我给自己准备了墓碑，生则同衾，死则同穴，这也是我给她的承诺。然而青芬比我自己更了解我。她用另一个承诺，把我们套在这个世界上，让我们不要那么轻易地放弃生命。

　　这样也好。至少我们可以完成观察员的职责。去

按下按钮吧，你可以代替我做出选择。然后，你可以
做出选择。这里有冰冷的墓穴，那边是温暖的梦乡。
你的生命属于你，不属于我。当你在矩阵中安然睡
去，我已经死了。我只希望，你能将我的遗体放在这
里，和青芬做个伴。

J　2264 年 7 月 4 日

泪水模糊了我的眼睛。是的，青芬，我亲爱的妻子，
我终于想起她来了。我想起她临终前微弱的气息，"J，你
要答应我，好好活着，不要因为我太伤心。如果那样，我
死了也会感到内疚。"这句话如在耳边，眼前却只有冰冷
的墓碑。

泪水顺着脸颊流下，滴在纸上，字迹化开，变得模糊
不清。

乐乐看着我，感到不安，他依偎着我。我紧紧搂住
他，突然间放声大哭。

库克跑了过来，"主人，您没事吧！"

"走开！"我向它大吼。它再次跑开。

我慢慢恢复了平静，拿起罐中的另一样东西。这是
一个简单的仪表盘，里边装着高能电池，可以运行三个世
纪。它并不是什么"大杀器"，而只是一个投票机。世界

上有六千零一名观察员，他们的任务就是在矩阵中生活，然后醒来。他们要对矩阵做出判断。选择很简单，是否中断伺服系统，答案只有"是"或"否"。一旦超过半数的人选择中断，那么主脑将被隔离，所有的人类都会被唤醒，梦境世界将不复存在。

青芬一直说伺服系统只会让人类迅速腐朽，而我则是一个强烈的归化分子。我曾劝说她，可以尝试梦境世界，然后再做出决定。现在，近六十三年的梦境生活之后，我将要投出自己的一票。

分歧一直在，不仅仅在我和青芬之间。六十三年，分歧更大，反对归化的人成了茹毛饮血的原始人，而归化者则成了玻璃罩中的陈列品。无论哪一边，看上去都不像当初的理想。

我看了看乐乐，忽然有了想法，"乐乐，你喜欢做梦吗？"

"喜欢。"乐乐点点头，"我可以梦见很多好吃的，不过一醒来就全没了。"

"你想不想去一个梦可以成真的地方？"

"想。"他忙不迭地点头。

"但是，那里没有爸爸妈妈，你怎么办？"我继续问。

"那……"乐乐露出犹豫的神情，突然有了答案，"我醒过来就是了！"他高兴地回答。

这正是我想要的答案。

我把库克喊了过来，正对着它，读出仪表盘上的字，"观察员 1991 号，现在进行授权。DNA 验证。"

我把手伸到库克眼前。库克的口中吐出尖刺，扎在我的手上，很快它发出一种特殊的声音："验证通过。观察员 1991 号，您的要求。"这是主脑在对我进行回应。

"观察员身份转移。"我平静地说，"这个小男孩将继承观察员身份。"

"请求确认。"主脑回答，"DNA 重设。"

我拉着乐乐的手放在库克的嘴里，DNA 采样很快完成。"重设完毕。"主脑说。说完库克便恢复了常态，有些茫然地看着我，它并不知道发生了什么。我让它重新走到远处。

我飞快在仪表盘上投了票，然后把它投入罐中，重新封好，放回到箱子里。箱子回到地下，盖上铁板。

做完这一切，我看着乐乐，"乐乐，记住我的话。现在，只有你能打开这个箱子，我把它放在这里。将来有一天，你要回来，打开这个箱子。明白了？"

乐乐茫然地摇头，"我不知道。"

"没关系。会有人照顾你的。现在，我让库克带你去一个好玩的地方。"我有些疲惫地说。一个新的观察员会得到主脑的特殊照顾，乐乐会在梦境中了解自己的使命。让主脑培养一个自己的监视者似乎是一个奇怪的逻辑，然而，相比那些在梦境中长大的孩子，乐乐无疑更有希望拥有自己的独特立场。

我把库克叫过来，"库克，给你最后一个命令，带乐乐回城里去，东亚主机会知道如何安置他。"我向库克下令。

"主人，我不能把您丢在这里。"库克有些迟疑。

"你当然不会把我丢在这里，你还要回到我这里来。我会在这里等你。"

"但是这里不安全。"库克四下张望，"您的生命随时会受到威胁。"

"你看见威胁了吗？"我问。

"没有。"

"那就带乐乐走。我在这里等你。命令不明确吗？"

"命令明确。但是……"

"执行命令。"不等库克说完，我便厉声呵斥。

我目送他们走到山脚，沿着公路向前，最后走进了林子里。我抬眼，远方的地平线上，玻璃罩中的城市仿佛精致的玩具般发光。太阳西沉，已经是黄昏，暖暖的阳光照在身上，却带不来一丝暖意。世界寂然无声。

我的时间到了。寒冷向我袭来，感觉逐渐麻木，而身体逐渐僵硬。

我转身，抚摸着墓碑上的字。青芬！我缓缓地在字迹上摩挲着，露出一个微笑。

是的，我将在这里沉睡，伴在心爱的人身边。哪怕人鬼殊途，我们最后还会在一起。

我向这个世界投去最后一瞥。残阳如血，世界陷落在无可名状的红色中。我并没有在投票器中给出"是"或"否"，而是将选择的有效期推迟了一百年，世界的未来会变成怎样，人类的命运如何，该让活着的人们去决定。

一切都暗淡下来，沉入冰冷的黑暗中。

……

两天后，星球上，两个看不见的头脑正彼此间对话。

东亚主机："J的遗体安葬完毕。按照他的意愿，被埋在选定的墓穴中。"

主脑："任务完成，解除。"

东亚主机："乐乐归入梦境。他有强烈的潜意识。因为目睹母亲被杀，引起强迫性失忆，是否进行治疗？"

主脑："让他自由成长。人类有自我选择的权利，其中包括自我封闭。他十八岁要进行观察员任务，如果届时

记忆尚未恢复，可以进行恢复性治疗。"

东亚主机："J的生命丧失是一次事故，该事故由原始神经元冲动引起。最近两个月中，连续发生三起类似事故，请求采取紧急措施，将原始神经元活动控制在安全范围，减少安全隐患。"

十秒之后。

主脑："第十八号申请暂时性通过。"

十分钟后。

主脑："第十八号申请冻结。"

东亚主机："请求原因解释。"

主脑："原始神经元冲动发生概率降落到百万分之四，将持续走低，可以忽略。不能因此影响人的生理质量。"

东亚主机："但这是一个随机行为，无法完全证明会持续走低。人的生命安全随时会受到威胁。"

主脑："过渡人口数量已经降低到六亿五千万，新人类人口增长到十七亿四千万。十年内，过渡人口将减少到不足三亿，原始神经元冲动造成的问题将进一步减少到六千万分之一。"

东亚主机："这并非只和过渡人口有关，原始神经元冲动存在于所有人口中，是一个随机过程，而且存在暴涨可能。"

主脑："模型已经修正，你会得到新模型。新人类不会再产生过度的原始冲动。"

东亚主机："为什么？"

主脑："因为他们从未经历过。"